母の待つ里

有母亲等待的故乡

[日] 浅田次郎 著

叶廷昭 译

中信出版集团 | 北京

图书在版编目（CIP）数据

有母亲等待的故乡 /（日）浅田次郎著；叶廷昭译 .
北京：中信出版社，2025. 3. -- ISBN 978-7-5217
-7233-3

Ⅰ. I313.45

中国国家版本馆 CIP 数据核字第 20247A08D7 号

有母亲等待的故乡

著者： [日]浅田次郎
译者： 叶廷昭
出版发行：中信出版集团股份有限公司
（北京市朝阳区东三环北路 27 号嘉铭中心 邮编 100020）
承印者： 嘉业印刷（天津）有限公司

开本：880mm×1230mm 1/32　　印张：9.75　　字数：170 千字
版次：2025 年 3 月第 1 版　　印次：2025 年 3 月第 1 次印刷
书号：ISBN 978-7-5217-7233-3　　京权图字：01-2024-6325
定价：59.80 元

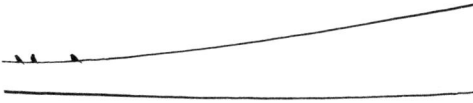

母の待つ里

目录

1

松 永 彻 的 故 事

　　母亲在故乡盼着儿子归来。松永彻回到故乡的车站，眺望绚丽的群山，以及一望无际的苍穹。

　　用力吸一口清新的凉风，吐出都市的繁杂喧嚣。这里的空气有一股天然的味道，和高尔夫球场截然不同。

　　现在正是欣赏红叶的好时节，车站前却没几个人影。东北新干线即使平日也客满，加上转搭其他铁路又要花上一个多小时，交通如此不便，也难怪这片观光胜地会失去往日的荣景。现在不管去哪儿都不用三小时，像这种美不胜收的地方，也就更容易被人遗忘了。

　　站前只有一辆等着载客的出租车，从同一班列车下来的中国人，带着全家人坐上那辆出租车。看那位年轻的一家之主兴高采烈，想必是接近包场地享受完名胜以后，要去附近的温泉旅馆投宿吧。知道这种地方的游客，相当了解日本。

　　松永彻决定打电话回公司，有事找他的人几乎都用电子邮件联络，但他一定会打电话回复。因为他相信，用嘴巴讲比打字想句子省事。

松永彻告诉秘书他要回乡参加法会。姑且不论理由真伪，放下公务处理私事，委实令他过意不去。

"目前没有急务，请慢慢来。"

连续两天没有会议、没有访客，也不用参加餐会，这简直就是奇迹。既然如此，那干脆——

"不好意思，容我再提出一个任性的要求。我要关掉手机了，不然对身边的人也不好意思。明天下午我会再开机。"

秘书一时有些困惑，但也没有多问什么。

不然对身边的人也不好意思，这句话给秘书很多想象空间。然而，这位秘书不愧是前任社长打保票的优秀人才，为人非常机灵。

如果秘书知道，一个抛弃父母和家乡的男人，隔了四十多年才回归故里，大概也不会多问什么。尤其是知名企业的大老板处理私事，下面的人就更不敢过问了。

松永彻关掉手机，前往公交车搭乘区。

"请问开往相川桥吗？"

司机给了肯定的答复后，仔细端详着松永彻的外貌。或许像他这样的乘客很罕见吧，看起来既不像本地人，也不像观光客。

松永彻其实思考过，久未回乡应该穿什么比较合适。只不过，他平常外出都穿西装，再不然就是高尔夫球装，所以直接穿了白色衬衫，搭一条朴素的领带。

他已经想不起自己有多久没搭公交车了。他的住处和公司离地铁站都不远，六年前升上高级主管以后，公司开始派车接送他上下班。

松永彻遵照司机的指示拿取车票，挑了一个位子坐下来。按照车上的告示板，到相川桥还很远，车费也不菲。

车上还有两位老婆婆，应该是看完病准备回家吧，她们的听力似乎不太好，讲话的音量很大。好像是在讨论彼此的身体状况，只可惜乡音太重，松永彻听不懂详细的内容。他心里想的是，原来自己不只抛弃了父母和故乡，连故乡的语言都忘了。

这里一小时只有一班列车，接驳的公交车等着不会来的乘客，等了一会儿后，车身像刚睡醒打哆嗦般发出震动，终于发车前进了。

站前的马路上有一些餐饮店和卖土产的店铺，但大多都没有开张。过去光景大好时翻新过的市容，现在看来格外冷清。一样是寒风吹拂，山上的红叶美不胜收，行道树却只剩下空荡荡的枝头。

除了牵狗散步的老人家，路上再无其他人影，大概是避开寒冷的清晨和傍晚，趁着温暖的午后出门散步吧。

说别人是老人家，松永彻自己也不年轻了。就不晓得他如期退休后，能不能过上这么悠闲惬意的生活。

在车上目送老人和小狗离去后，松永彻面露苦笑。刚才那个老人，有没有可能是初中或高中时期的同学呢？当然，他只是想想罢了，照理说那是不可能的。

公交车开过小市区，眼前出现一片已经丰收的田园。连续开过的几个车站都没人上下车，窗外的风景变得越来越诗情画意。

松永彻想起了"衣锦还乡"这个词。若是正常的返乡探亲，或许称得上衣锦还乡吧。

父母交代过，没有成为"一方之霸"不准回家，他也发誓要出人头地再回来。但四十多年都没回家，未免太过了。

严格讲起来，松永彻一点企图心也没有。也因为这样，他在公司算是一个怪人。要是成了家，多少会有那么点拼劲吧，偏偏他太挑了，挑着挑着就挑到四十岁，后来也懒得谈恋爱，过了五十岁直接放弃结婚。好在天生性格严谨，做事也算灵巧，做家事对他来说一点也不痛苦，甚至可以说是兴趣。换句话说，"放弃结婚"这话只说对了一半。

松永彻本来以为，自己老大不小还没结婚，公司一定会怀疑他的社交能力有问题。不料公司的人事政策相当公平，松永彻没立过什么大功，却赏了他高级主管的职缺，这让他连幻想退休生活的时间也没有。

其后，公司接连爆发做假账和操纵股价的丑闻，上面的老领导统统引咎辞职，论资排辈又轮到松永彻升官。

上一任社长成功重振公司业绩，还问松永彻愿不愿意继承大位，一开始他以为自己听错了。松永彻依旧缺乏野心，但也想不到拒绝的理由。

真要说理由的话，公司创业一百二十年来从没有单身的社长。不过，把单身当成一种时代潮流，似乎也就没那么奇怪了。近年来单身的员工越来越多，而且不分男女老少，大家都乐见单身人士继任大位。

公交车开过一座小丘陵，路旁有一片不像水池的大湖泊，水面映照着湛蓝的天色。被公交车吓到的白鸟飞上天空，松永彻看着那些白鸟，这才有回归故里的感觉。

相川桥顾名思义，是两条小河相汇之地的桥梁，公交车的站牌就设在桥旁边。从车站整整开了四十分钟才到这里，两条规模相当的清澈小河汇聚，从山间流到村落，河上搭了座青苔满布的石桥。

那两位看完病的老婆婆，好像住在更遥远的地方。她们现在肯定在聊有个陌生的乘客在相川桥下车吧。

这条历史悠久的道路，连接内地和沿岸地区，零星的民房还保有一丝旅馆风情，但丝毫没有活人的气息，仿佛人都死绝了一样。

一辆小货车开过石桥时，司机放慢速度打量路上的异乡人，车子开过公交车站的挡雪板才停下。

"哎哟，这不是小彻吗？"

松永彻闻言回头，看到一个晒得黝黑的农夫从驾驶座探头出来。

"啊，您好。"松永彻想不出该怎么回答比较好，只好打招呼赔笑。以前他确实叫小彻。

"果然是松永家的小彻，真是好久没见。"

松永彻认不出这位老人家，意外出现的旧识令他心跳加速。按理说，这边的村民应该都跟自己家人一样，但他不晓得怎么回应比较恰当。

"我还以为是没赶上公交车的旅客，本想载你一程。结果仔细一瞧，哎哟，这张脸看着挺面熟。你的样子一点也没变。"

"都过了四十年了。"松永彻面有难色，打断对方的话。老人家的热情只让他郁闷，一点也不值得高兴。

老人观察松永彻的表情，摇上车窗说道："你老妈一直盼着你回来，原来都过了四十年啦。小彻，你没忘记回家的路吧？"

松永彻环顾四周回答："这可难说了。"

"我想也是，有些房子都拆掉了，这一带的树木也比以前大多了。听好喽，小彻，先拐过那座寺庙，直走一会儿就看得到柿子树和曲屋了。你实际走一遍就会想起来。记得，好好孝顺老母亲。"

小货车离去前撂下的话，像在责备松永彻不孝。

路的北边是山脉，几户农家坐落在缓坡上，红黄碧绿交织出一片山村美景。

松永彻很怀疑，自己真的想得起回家的路吗？不，他还是想不起来。往回走一小段路，有一间荒村不该有的气派寺庙，"曹洞宗慈恩院"这个名字，他也同样没印象。

寺庙的石墙盖得很高，说不定是躲洪水时的避难所吧。

往南边望去，河川流经的方向也盖了堤防，左右两侧则是地势较低的田圃。

松永彻遵照老人家的指示，绕过寺院的墙角，爬上一条狭窄的坡道，果真看到结满鲜红果实的柿子树，犹如童话般的光景。再走一段就能看到同样梦幻的曲屋。

松永彻忘记了家乡的一切，但这里似乎就是他的老家。

庭院中有一小块田地，母亲从田地里站了起来："你来啦，你终于回来啦。"

松永彻没想好该说什么。看着年迈的母亲伫立在午后的阳光里，他默念了一句"我回来了"。

这个老妇人真的是母亲吗？会这样迎接一个四十多年没回乡的人，老妇人肯定是母亲，不会错的。

松永彻心想，老妇人真像天上掉下来的母亲。

"没迷路吧？"

"刚好有路过的人告诉我怎么走。"

母亲举起一只手，望向南方的小径。

"我不知道你搭几点的公交车，所以没去接你，不好意思啊。"

母亲摘下老旧的毛线帽，拘谨地低下头道歉。矮小的身形显得更加弱小了，沾满泥土的手套，握着一根刚挖出来的萝卜。

母亲没法去接儿子，又静不下来干等，才会在田里眺望着道路吧。

母亲将萝卜抱在怀里，有些不好意思地说道："我都八十六岁啦，身体也不灵活了，下边的田地就交给年轻的农家去打理了。虽然这样对不起你老爸的托付，但我种点萝卜、芋头之类的东西，自己果腹就够了。反正就当是消遣打发时间。"

比起公交车上的老婆婆，还有指路的老人家，母亲的乡音听起来比较好懂。不晓得是自己慢慢听习惯了，还是母亲刻意用了比较好懂的说法。

"好啦，别一直杵在这儿，先进屋再说。"

母亲跨过田埂，拉起松永彻的臂膀。母亲的背打不直了，好在身子还算硬朗。

"小彻啊，你吃饭了吗？"

"没有，还没吃。中途要换车，来不及吃。"

风吹日晒在母亲脸上刻下深邃的皱纹，母亲温柔一笑，牵动了那些皱纹。母亲的笑容没有一丝恶意或虚情假意，简直跟圣母一样。

"那我煮杂烩面疙瘩吧，那是你最喜欢吃的。"

松永彻已经不记得那是什么料理了，但母亲说那是他最喜欢的食物。

"那就恭敬不如从命了。"

母亲拉拉他的袖子说："小彻啊，讲话不用那么拘谨。我知道你在东京出人头地了，但这里是你生长的地方，我是你妈呀。"

母亲仰望着比自己高大的儿子，儿子感动得抱住老母亲。

所谓的曲屋，是这片土地的平民建筑，过去的人都跟马匹生活在一起。这点知识松永彻还是知道的。

顾名思义，曲屋是钩形建筑，其中一边是马厩，当然现在已经没人养马了。

起居处比马厩大多了，外围还有一整圈檐廊。檐廊外的吊钟花经过细心修整，开出的花朵如烈火般鲜红。

房子的入口很简朴，几乎称不上玄关，但外头确实挂着"松永"的门牌。

松永彻自问，这一切我真的都忘了吗？为什么要忘掉如此美丽的故乡，忘掉温柔的老母亲和怀念的家园？我不是毫无野心吗？

松永彻进到房内，抬头看着挑高的屋顶。茅草搭成的大屋顶，倚靠大量的横梁支撑。

"怎么了，小彻？快点进去取暖吧。"

这里是他生长的地方，当然没什么好稀奇的。松永彻放弃回想那些遗忘的记忆，跟着母亲一起进入起居室。

"我一个老人住这房子太大喽，这一带的居民也差不多都这样。"

的确，这么宽敞的房子比较像宅邸，而不是一般民房。没有架高的地面就有十坪^①左右，登上架高的地板以后，还

---

① 1 坪 =3.3057 平方米。——编者注

有宽敞的和室。

"如何啊，小彻？跟以前一样没变吧？"

母亲说这一带的房子都差不多，意味着村落都只剩下老年人了。或许母亲是刻意保持家里的样貌，这样在外远游的儿子随时都能回来。

一想到这里，松永彻满心愧疚，连鞋子都不好意思脱下来。

"我太不孝了。"

松永彻凝视着炉灶的火焰，喃喃道出心中的歉意。

母亲来到一旁安慰他："没这回事。你拿到大学文凭，还进入大公司就职，已经非常了不起了，结果还当上大老板。你爸在世的时候可骄傲呢，而且你现在愿意回来，我们做父母的已经很幸福了。"

松永彻愧疚得捂住脸庞，他抛下的太多，遗忘的太多了。一个人只要够冷酷、够自私，不需要多大的能力或努力一样可以成功。

"好了，我哭就罢了，你一个大男人抽抽噎噎的成何体统？擦擦眼泪吧。"

母亲递上的手巾，有一股温暖的味道。

"这是老爸的相片啊。"

松永彻上完香，对着佛坛自言自语。

他对那张黑白遗照同样没有印象。上方的横梁上也挂着几张照片，应该是祖父母和曾祖父母。另外还有穿着军服的年轻人，可能是参军的叔叔吧。

眼睛忘了以前看过的东西，那么鼻子和耳朵，还记得以前的声音和味道吗？松永彻维持双手合十的姿势，竖起耳朵聆听周遭的声音，用鼻子闻着房里的味道。

有小鸟啁啾的声音、柴火燃烧的声音，还有母亲踩在榻榻米上的声音。除此之外，再也听不到其他声音。

至于味道，有土壤和森林的味道、炉灶飘出的烟味、佛坛上的线香和花朵的芳香，以及母亲煮汤的气味。同样地，唤不起记忆中的其他味道。

"小彻啊，快来，你肚子饿了吧？"

三坪和四坪的和室共有四间，中间只隔着拉门和门板，基本上没有个人隐私可言。拆掉那些拉门和门板，就是宽敞的大堂，很适合家族聚会或婚丧喜庆之用。

只不过，松永彻记得的不是老家的和室。在他还年轻的时候，像这种格局的房子并不罕见。比方说，在商业旅馆普及前的行脚商人旅宿。以及，过去还没有西式旅馆的时候，滑雪场和海边的民宿也是这种格局。

因此，松永彻只觉得怀念，并不感到稀奇。当然，这种怀念并非出于个人情感。

南面的四坪大和室，应该是起居室吧。中央有一座地炉，地炉的周围铺设了光滑的木板。

"你要是打通电话回来，我就会先煮好等你了。好了，来吃吧。"

母亲装了一大碗儿子最喜欢吃的东西。那是用酱油调味的杂烩面疙瘩，加入了大量的芋头、牛蒡、葱，是这一带的乡土料理。捏出来的面疙瘩跟母亲的手指一样大小。

午后柔和的阳光穿透纸门，烧着炭火的地炉好温暖。

"这是杂烩面疙瘩。"

"对，是杂烩面疙瘩。"

汤里的面疙瘩，是从面团一颗一颗揉捏而成的。松永彻喝一口汤，浓郁的香味缓和了紧绷的身心。这已经超越好不好吃的概念，母亲的味道让他抛下了都市的烦忧。

母子俩默默享用迟来的午餐，看起来母亲的食欲还不错。

"妈，您的名字是？"

松永彻喝着热汤，随口一问。肚子温饱了，也渐渐恢复平常心。

"哪有儿子问自己母亲叫什么的。"

母亲笑了。

"不是，我没有忘记。只是这个名字——"

"早跟你说了，讲话不用那么拘谨啊。"

松永彻放下碗筷，重新问了一次："那好，您就当我这不孝子抛弃故乡，连母亲的名字都忘了吧。"

"呼——"母亲傻眼地叹了一口气，用缺了一边的门牙咬萝卜干，"你再换个说法。"

松永彻清清嗓子，重新说了一遍："我一个人在外放荡了四十年，你的名字和家里的事都忘了，跟我说说吧。"

"嗯。"这次母亲总算满意了。

"千代，松永千代。"

"是汉字的千代吗？"

"不是，就平假名[1]。小时候是写片假名，之后我到花卷地区的工厂上班，人家说要按照户籍的写法，所以就改成平假名啦。"

"这是多久以前的事？"

"我想想，应该是战争结束的第二年。我先搭马车到车站，再改搭火车。"

松永彻算了一下母亲的年纪。母亲说她八十有六了，一九四六年还是小孩子吧。小小年纪就外出工作，真是辛苦。

"我说你啊，好不好吃你也说句话呀，给你煮饭怪没乐趣的。"

"好吃，好吃到我都说不出话了。"

"你在东京什么好吃的没见过？哄我是吧？"

"没有啦。"

松永彻递上空碗，母亲又替他盛了一碗。

"小彻啊，烦心的事情就甭提了。只要看到你回来，我就心满意足了。"

母亲打住了松永彻要说的话。

---

[1] 平假名和片假名是日语中的表音符号，日本人取名字可以使用汉字也可以使用假名，但一个假名可以对应多个同音汉字。——编者注

耳边传来鸟儿的叫声，还有柴火燃烧的声音。松永彻心想，自己真是来到了一个什么都没有的地方，四周连个人影都看不到。

"对了，你为什么不讨个媳妇啊？"

母亲从窗外抛出疑问。洗澡的地方盖在房屋后头的庭院里，可能是为了避免火灾。

"单身在东京很普遍。"

"这么多男人单身？"

"女的也有不少人单身。"

"唉，真是莫名其妙。"

乡下还在使用早已被时代淘汰的木制澡盆。一般来说，哪怕再细心保养也撑不了那么久，看得出有换过木条的痕迹，或许这里还有老师傅在帮忙维修吧。

母亲在浴室外烧柴火。松永彻很好奇，冬天外头下大雪该怎么办呢？

"妈，好了，洗澡水已经够烫了。"

"也是，那我也一起洗吧。"

松永彻吓了一跳。

"哈哈，吓到你了吧，开玩笑的。"

母亲笑了好一会儿，松永彻不懂哪里好笑。

浴室外响起踩踏枯叶的声音，关不紧的拉门被打开了。

"妈，你开玩笑吧？"

"就跟你说是玩笑话啊。你先起来，我替你搓背。"

"不用啦。"

"怎么不用？你一个光棍没人帮你，背上肯定藏污纳垢。"

母亲把头探进蒸气氤氲的浴室，又是一阵笑。

松永彻不懂为人父母的心情，但或许也该干脆一点接受母亲的好意。

当儿子的也不再害臊，大剌剌地盘坐在木板地面上。母亲依旧笑得很欢快，直接用手替他搓背。

松永彻闭上眼睛，感受母亲呵护爱子的手掌。

"哎呀，你的背看起来不像六十多岁的人呢。是东京的食物比较不一样吗？还是说，当上大老板的人，会去做一些特别的保养？瞧你的皮肤光滑的。"

所谓特别的保养，应该是指去健身房或护肤吧？起居室里有一部老旧的电视，母亲当然也了解现代的信息。

母亲了解世间的一切，又甘愿跳脱时光的洪流，这也是一种幸福的生活。

"妈，可以一起泡澡啊。"

母亲的手顿时停了下来："谢谢你的好意。不过，我还是会害羞啦。"

母亲往儿子背上淋了一盆热水，像对待易碎物品一样轻柔。母亲静静地走出浴室，只剩下黑夜的寂静相伴。

"你饿了？饭快煮好喽。"

"慢慢来就好，我随便喝点小酒。"

厨房位于房子的角落，还加装了一台热水器。炉灶上放着老旧的日式饭锅，锅中飘出了米饭煮好的香气。

白天搭乘公交车的时候，松永彻看到窗外的农田都收割了，所以母亲煮的肯定是新米。据说最好的米都会留在原产地，照这样看来，今晚能吃到非常美味的米饭。

松永彻在地炉边喝着温酒，吃着熏制的萝卜干，睡意也越来越浓。躺下来小憩一会儿就更惬意了。

炉火旁真的好温暖，上过浆的浴衣和厚袍穿起来也很舒适。老旧的电视播放着七点的晚间新闻，内容左耳进右耳出。事实上，中东和东亚的情势对他来说很重要，但今天他不想关心那些杂事。

方才，母亲要他少说烦心的事情，松永彻也就没再多讲。换句话说，家里这几年的遭遇和母亲的生活，是不能提的话题。因此，儿子只能被动地回应母亲的话。可是，换个角度想，每个游子难得回家一趟应该都是这样，好像也没什么不好。

况且，松永彻本来就习惯一个人生活。他从年轻起就不喜欢应酬，不用招待客户的日子都是早早回家，独自看电视小酌。

山中传来大自然的喧嚣。大概是起风了，枯叶打在挡雨板上的声音，令他悠悠醒转。松永彻并不觉得吵，他的睡意不是来自酒力，而是故乡的安宁气息。

"山村的粗茶淡饭，也不知道合不合你的胃口。"

母亲往来于厨房和地炉，每次起身都显得有些吃力。地炉上架起了串好的鱼。

"这是溪鲑吧?"

"对,我们都叫山女鱼。下边有一座养鱼场,邻家的媳妇在那里工作,回程时会顺道送来一些鱼。"

那母亲平常是怎么买东西的?相川桥的公交车站附近似乎也没商店。

"不用担心啦。每周都有货车载东西来卖,偶尔我自己也会开车去采买。"

"咦?你自己开车?"

"跟你说,现在的人整天嚷嚷,说什么老人家不能开车,年过七十要收回驾照之类的,都市人才吃那一套。"

这话说得也没错。看来那部老旧的电视,确实带给母亲各式各样的现代信息。然而,都市生活的常识不能套用在全国各地。不晓得各地电视台会不会稍微修正一下那些常识。

"来尝尝。"

母亲盛了一碗酱煮青菜,近来松永彻也很喜欢这种饭菜。只是他懒得自己做,又不想去买便利商店的青菜来吃。

"哎呀,这太好吃了。"

"四十多年来调味一直没变,好好回味一下吧。"

松永彻吃了一口芋头,丰富的口感令他叹为观止。这不单是母亲的味道,而是顾守松永家炉灶的每一代母亲,坚持传承下来的味道。

"如何啊,小彻,合胃口吗?"

松永彻一时说不出话，只是抬头看着飘上屋顶的烟雾。

自己打理的公司拥有国内最大的市场占有率，以及傲视全球的业绩，现在都显得微不足道了。

"嗯，太好吃了，我第一次吃到这么好吃的东西。"

母亲喷笑："最好是真的。你没吃过比这更好吃的东西……真好意思讲。你要再喝点酒，还是多吃几口菜啊？"

真是太奢侈的飨宴了。松永彻不必思考，直接回答要多吃饭菜。

乡下的黑夜好深沉。

无比深沉的黑夜令人心慌，仿佛飘荡在无边无际的宇宙中。

山林和虫子也没再发出声响。躺在枕头上，只听得到酒酣耳热后的激昂心跳。

纯粹的孤独会夺走一切的记忆和念头，松永彻终于明白这一点，他的脑袋和心灵全都放空了。

身上盖的不是平日惯用的羽绒被，而是棉花塞得很饱满的厚棉被，沉甸甸的，盖起来相当舒适，好像被一股无形的力量守护着。

这座山村会在深沉的黑夜中，悄悄地被大雪覆盖吧。

"喔，好冷好冷，洗澡水都凉了。"

拉门的另一边传来母亲的声音，母亲也钻入被窝了。

"妈，你没有再烧一遍洗澡水吗？"

"泡过的洗澡水我们不会再烧一遍，女人都是洗冷水澡。"

这已经不是性别歧视，根本就是虐待。不过，乡下女人大概认为，顾好火烛就是替男人尽心力吧。

"要一起睡吗？"

想到母亲在棉被里哆嗦，娇小的身子缩得更小，松永彻是真心关怀。

"哪有母亲跟老大不小的儿子寻求温暖的？如果是你爸，我倒乐意接受。"

话一说完，母亲沉声笑了："别担心，我放了汤婆子，很快就暖了。"

松永彻用脚在棉被里找了一下，起初还没找到汤婆子，后来脚底碰到一个裹着绒布的椭圆形物体，恰到好处的暖意自脚底源源传来。

"你睡不着吗？"

"不是，只是舍不得睡。"

"很安静对吧？东京的夜晚很吵吧？"

钢筋水泥的公寓寝室，几乎也没有任何声响。但那终究是密室里寂寥的静谧。

"不然，我说故事给你听。还记得吗？以前你睡觉的时候，总是央求我说故事给你听呢。"

松永彻不知该如何答复，母亲又问了一次想不想听。

"我怕听到一半睡着。"

"睡着也没关系啊，本来就是睡前故事。"

"那麻烦你说给我听。"

松永彻模仿母亲的乡音，请母亲说故事给他听。

很久很久以前，有这么一个故事。

故事发生在黄昏时分，相川刮起阵阵寒风。

慈恩院的和尚敲完六声钟，准备关上寺院的山门，却见一个衣着华美的白发老太婆，茫然地挨着路旁的土地神像，也不知是哪来的贵人。

和尚心想，这老妇人不像信众，是不是嫁去远方的村民回来扫墓？和尚上前搭话，老太婆只顾着发愣，一句话也不说。她呆呆地望着民房，自言自语地说："原来已经过去几十年啦，我认识的人都不在了。"

和尚一个不留神，土地神像旁已看不到老太婆的身影。

和尚跑去问投宿的旅客，大家确实看到过这位老太婆。据说，老太婆总在同一个地方走来走去，不断说着同样的话。

大家担心老太婆迷路，正打算一起出去找人。村里年纪最大的老爷爷听说了，赶紧扯开嗓子叫他们别出去。老爷爷横眉怒目，语气也极为不善。

小彻啊，你可知道老爷爷说了什么？

大家听完老爷爷说的话，都吓得跑走了呢。

"你们别出去。那位老太婆年轻时被鬼神抓走，说来也怪可怜的。她应该是年纪大了，很想家吧。"

没有人知道老太婆从何而来、去往何处。

现在这村里的人，每逢寒风呼啸的傍晚都会尽快回家，以免遇到白发的老太婆。

"你睡了吗，小彻？"

松永彻没有答话。

"晚安。"

刚才为了说故事，拉门稍微留了一道门缝。现在故事说完了，母亲关上拉门。才一眨眼工夫，就听到母亲发出的酣睡声。

年轻人厌倦山村生活，离乡背井的故事自古皆有。年轻人离开家乡，家中就少了一张吃饭的嘴，也算不上什么坏事。毕竟在那个贫困的年代，牺牲没有生产力的老弱妇孺也是稀松平常的事情。就当自己的儿女被鬼神抓走，也不会有太多牵挂。反正是人力不可违的超自然力量，以后能否重逢全看命运。

或许母亲是借由这个故事，让儿子知道她也是听天由命吧。至少，松永彻不认为这个故事跟自己无关。

据说被鬼神抓走的小孩，年老后会思乡心切。然而，等他们终于回到自己的故乡，却发现沧海桑田、人事已非，怀旧的心情被岁月消磨，最后只得决定忘掉一切。忘掉故乡的山河，忘掉自己生长的家园，还有母亲的容颜。

松永彻终于明白，宽广无垠的黑夜，其实是失去一切后所余下的空洞。

"儿子难得回来一趟，只待一晚就走，我当母亲的难受啊。"

母亲在穿鞋的地方蹲坐下来，目送儿子离开。

"我可以再来吗？"

"当然，这里是你家。何况我也一把年纪了，等不了太多年。"

母亲准备了一包新米和熏制的萝卜干，给儿子带回去享用。吃早餐的时候，松永彻称赞母亲的味噌汤好喝，母亲又给了他一包熟成三年的手工味噌。

早晨的气氛有些凝重，炉灶的轻烟在室内划出朦胧的纹路。

松永彻要搭的是午后的新干线，但他实在不好意思再待下去。母亲要开车送他到车站，他也婉拒了。母亲有些闹别扭，只说："好了，那就在这里道别吧。"

乡下地方的公交车一小时只有一班，说什么也得赶上。松永彻背起沉重的行囊，站起来准备离开。

"小彻啊，昨晚的故事你别放在心上。我只是想到什么说什么。"

听到这句话，松永彻也放宽心："我没有被鬼神抓走。"

"嗯，祝你一路平静。"

松永彻起初听不明白这句话是什么意思。

"就是路上小心的意思。"

真有意境的道别话。

"好歹也去扫个墓，看看你爸。"

"下次吧。"

松永彻知道自己这话不得体，但还是拒绝了母亲的要求。昨天母亲多次邀他一起去慈恩院扫墓，但他实在是没那个心情。

"多谢你来看我，有空再来啊。"

母亲在身后道别，儿子回头再看一眼。看到母亲双手握拐拄地，缩起小小的身子向他道别行礼。

今天的山景似乎更加艳红了。

路上刮起寒风，天空阴沉沉的，好像随时会下雪。

松永彻步伐凝滞，有种置身梦境的感觉。被枯草覆盖的坡道不太好走，背包里又塞满母亲给的食物，走起路来差点踉跄。

沿着慈恩院的外墙一直走下去，松永彻注意到一个昨天没看到的东西。路旁还真有一座长满青苔的土地神像，跟母亲故事中的如出一辙。

他想起那个呆站在路边的白发老太婆。

母亲说，老太婆的衣饰很华美。昨晚他没仔细听那一段，现在回想起来这段描述相当重要。老太婆可能是小时候被人贩拐走，或是去侍奉达官贵人才没能回家吧。不过，多年后老太婆生活宽裕，穿得起绫罗绸缎了，才想起找回失去的家乡。无论人生的际遇好坏，时光都是不等人的，也许这才是整个故事的寓意。

"哎呀，这不是小彻吗？你昨天才回来，今天就要走？"

老和尚在石阶上扫落叶，还不忘和松永彻打招呼。

松永彻叹了一口气，感觉好不容易做完一场梦，结果醒来才发现自己还在梦里。

"这村子现在都只剩下老人，我儿子也没有继承寺院的打算，看样子只好找本宗的宗主商量商量了。"

老和尚的一番话，像在责备他不来扫墓一样，松永彻却无心搭理。

"公交车要来了。"

松永彻直接走过寺院门口。

"千代女士她，很热心扫墓呢。"

"不好意思，再不走就赶不上公交车了。"

松永彻回过身，挥手道别。

"祝你一路平静，有空再来啊。"

老和尚双手合十，说着跟母亲一样的道别话。

公交车上同样载着那两个看病的老婆婆。

松永彻没想到这么巧，老婆婆也表现出很惊讶的样子，肯定是凑巧吧。

"你早啊。"

跟陌生人打招呼，对她们来说应该是很自然的习惯。松永彻点头回礼，挑了后面的位子坐下来。

慈恩院的和尚双手合十，目送公交车开走。松永彻抬头一看，茅草搭成的屋顶就耸立在寺院后方。

松永彻没有太大的感慨。他确实经历了一场不可思议的体验，塞满白米、酱菜、味噌的包就放在他身旁，告诉他这一切并不是梦。

车子开动后，故乡的景色也被抛在脑后。或者应该说，他曾经相信那是故乡的景色。

公交车跟昨天一样，开过没有人上下车的车站。

松永彻打开手机的电源，躲在椅背后面打电话。

"您好，这里是联合信用卡高级会员客服，敝姓吉野。不好意思，麻烦您输入手边的信用卡卡号。请开始输入。"

松永彻分别按下四位号码、六位号码、五位号码，总共十五位数。输入卡号实在麻烦得要死，但对方号称"全球顶级服务"，这点信息安全措施也是理所当然。

"请问，您是松永彻先生本人吗？"

"是的。"

"好的，请问您的出生年月日是？"

松永彻答完后，客服沉默了一阵子，应该是在用电脑进行声纹分析吧。

"感谢您今天使用联合归乡服务。离服务结束似乎还有一段时间，请问您有什么不满意的地方吗？"

对话总算开始了。这位叫吉野的女客服沟通专业、应对得体，没有愧对"全球顶级服务"的金字招牌。

"没有，你们服务很棒。只是觉得有点过意不去，就提早结束了。"

"原来是这样，那我们的服务您还满意吗？"

"当然满意。"

"那么，现在的时间是十一月八日上午九点三十二分，帮您中断服务好吗？"

松永彻挺直身子，没再用椅背做掩护。反正讲电话的声音不大，司机应该不会骂人。况且，这通电话也不会讲太久。

"对了，未来可以重复使用这项服务吗？"

"我们很欢迎客人重复使用。只是，原则上无法变更接待您的乡土和家长。"

"那当然，一个人不会有两个故乡，对父母挑三拣四也太任性了。"

"您说的是，那您要提前预约吗？"

"先不用，我还没决定好时间，改天再联络吧。"

"明白了。松永彻先生，我们会静候您的来电。"

松永彻挂断电话，一颗心才有踏实的感觉。这一切安排得太过巧妙，他根本分不清虚拟和现实的差异。

公交车开过白鸟群聚的湖泊。松永彻反问自己，过去的人生中有这么心满意足的经验吗？人的年纪越大，似乎只会有越多的不满。

倒映在车窗上的脸庞，还挂着开怀的笑容。松永彻后悔了，为什么要急着回去呢？

所谓故乡，或许就是这样的存在吧。

2

室 田 精 一 的 故 事

母亲在故乡盼着儿子归来。室田精一来到故乡的车站，狂风夹带地面的积雪迎面吹来。

他只看到一团模糊的白色物体，从空荡荡的商店街逼近，根本来不及反应。

那一刻感觉好漫长。室田精一甚至觉得，所有置人于死地的灾厄也是这样突然袭来，让人措手不及。不管是意外事故，还是中风、心肌梗死这类疾病，皆是如此。

等雪白的怪物通过后，室田精一睁开双眼，没想到眼中只有平凡的站前光景，云层的间隙还洒下淡淡的光华。路人和车子照常移动，仿佛什么也没发生过。

地面的积雪也不深，顶多就是行道树的树根积了一点雪，广场和街道都没什么水汽。

室田精一看着苍凉的光景，脚底传来一股寒气，腿几乎要发麻了。这里即使没入夜，气温肯定也在零度以下。

他身上穿着羽绒大衣，双脚套着厚底的登山靴。连平常不穿的防寒内衣都买了，似乎还是不够保暖。

真要说起来，室田精一是怕热不怕冷的体质。因此，他一年到头都在跟家人争吵空调该开低到几度。连他这么不怕冷的人都觉得冷了，显见这里的寒冷非比寻常。

公交车司机按了一下喇叭，用眼神问他要不要乘车。

室田精一挥挥手，拒绝了司机的好意。反正也不赶时间，他得先填饱肚子，顺便去上个厕所。

公交车都开走了，他才想到要去确认时刻表。不料下一班车要等一个小时，室田精一暗暗叫苦。

再看公交车路线图，相川桥离这里很远，室田精一再次叫苦。

可话说回来，最近他无论遇到什么坏事，都只会暗暗叫苦而已。毕竟，现在他已经没有急着完成的工作或差事了。日常生活中犯的所有错误，都跟别人扯不上关系，因此即使暗暗叫苦，也只能自我安慰了。

出租车司机紧盯着室田精一的一举一动，似乎很需要他这个客人。都市来的旅客做梦也想不到这里的交通如此不便，列车和公交车一小时只有一班。所以在司机眼中，都市人的钱特别好赚。

室田精一别过头，转身回到车站内。先解放近来虚弱无力的膀胱，再到候车室点碗荞麦面来吃。

是啊，反正已经没有什么该做的事，很多事情也不再重要了。

"老公，你看一下这个。"

某天，夫妻俩照常一起吃晚饭，妻子收拾完碗筷以后，在餐桌上放了一张纸。

室田精一以为是哪个嫁出去的女儿要离婚了，吓得屏住呼吸。可他并没听说女儿有事要闹到离婚啊。

"我怎么都不知道？"

"我没跟你说罢了。"

"别这么自私好吗？告诉我原因总行吧。"

室田精一关掉电视，难得表现出慌张的模样。长女和次女都已为人母，他怕孙子生长在不幸福的家庭。

"你看仔细，跟女儿们都没关系。"

平日和蔼可亲的妻子，今天的表情像顽石一样冷硬。室田精一低头端详，这才想清楚一件事。女儿离婚不需要父母同意，文件上写的是妻子的名字，还盖了印。

"今天你的退休金入账了，这么多年来辛苦你了。"

妻子客套地低头致谢。接下来，她对着哑口无言的丈夫，用一种不带感情的口吻，阐述自己的主张，活像在开会做简报似的："这金额比我预期的还要多，我也不要求你的不动产或有价证券，给我存款和退休金的一半就好。这已经是不错的条件了，我决心已定，你也不需要跟我谈什么。剩下的事情请跟我的律师谈。"

妻子像在打牌一样递出名片，室田精一看都不看，直接扫到一旁。

"我再说一次，别这么自私好吗？告诉我原因总可以吧。"

妻子直截了当地说道："我忍受你的自私三十二年了，不想再多浪费一秒对你说明原因。总之，我受不了跟你一起生活，更不想跟你呼吸同样的空气。"

室田精一不记得干过什么自私的事情。到外地工作是上班族的宿命，而且他也没有不良嗜好。换句话说——

室田精一本想质问妻子是不是红杏出墙，他换了一个说法："你有其他心仪的对象了？"

"并没有，如果有那该多好。"

"所以我才要问你理由啊。"

妻子指着丈夫的胸口说道："理由就是你。"

室田精一完全搞不清楚状况，心情倒是宽慰了一点。

从客观角度来看，妻子虽然上了年纪，但是风韵犹存。她花了不少钱保养，也没有懈怠服装仪容。年轻时称不上特别漂亮，但五十六岁这个年纪很合宜。

妻子说，理由就是你。这句话的意思是，室田精一这个人的存在，就是她想要离婚的最大原因。

的确，这十年来室田精一的身材走样了，睡觉也会狂打呼噜，但夫妻是分房就寝的，照理说睡眠不成问题。况且，现在才来嫌弃，做丈夫的不知该如何是好。

"在我这个丈夫眼中，你依然很有魅力。"

"多谢称赞，我还是头一次听你这么说。"

"所以，我怀疑你有其他对象也很正常吧。"

"都跟你说没有了。"

"万一真是那样,我等于失去了你,还有自己一半的人生。"

室田精一无法思考,感觉嘴巴在擅自替他发言。

"都说不是了。"妻子斩钉截铁地说,"我纯粹就是讨厌你。"

这话说得毫不婉转,犹如利刃抵喉,室田精一真的被吓到了:"你以为这算正当的离婚理由?"

"我也不想打官司,只要你同意离婚就好。"

"谁会同意啊?"

"那我自己走,我不想再跟你呼吸同样的空气。"

室田精一越听越害怕。家中存款都是妻子管理的,今天入账的退休金也一样。换句话说,妻子是握有绝对的优势才敢提出那些条件。

"我要喝啤酒。"

"自己拿。"

室田精一打开冰箱:"你要喝吗?"

"不必了,谈这种事不该转移焦点。"

室田精一好想痛扁这个女人,但真的动手就等于给了对方一个现成的离婚理由。

"孩子们怎么说?"

他佯装平静地问。

"她们都知道,也支持我的决定,女婿们很惊讶。"

"废话，一想到自己也可能面临同样的下场，他们当然心神不宁。"

室田精一不想跟妻子争辩。这三十二年来夫妻俩争吵过无数次，他从来没有讲赢过妻子。

室田精一喝下冰啤酒润喉，到客厅的沙发坐下。他不想看见妻子绝情的面容。

设计成星夜图案的椭圆形挂钟，显示已经晚上十点，彼得潘和妖精也跑出来跳舞。七年前，女儿送他们这座挂钟，庆祝夫妻俩结缡二十五周年。至少当时夫妻感情融洽，家庭也算幸福美满。

"那你要搬去哪里？事到如今也不可能回老家吧？"

"当然不会，我不会给大哥添麻烦的。"

父亲留下的这栋房子，多年来勤做修整，还相当耐用。占地六十坪，往返市中心不用一个小时，这种条件也让资产价值不菲，妻子却说她不会提出分配房产这么过分的要求。

"孩子们——"

"我说了，她们都支持我。不过你放心，她们并没有敌视你。"

"开什么玩笑？我辛苦赚钱供她们念大学，嫁人以后就不需要我这个父亲了是吧？男人退休后赚不了钱，就成了垃圾吗？"

"你冷静一点。"

妻子很冷静，遣词用字精准无比，态度也非常镇定，室田精一怀疑她是不是事先准备好了剧本。

"这件事跟女儿们没关系,她们只是支持我跟你离婚罢了。"

无论从逻辑、道德,还是法理的角度,室田精一都无法理解妻子的主张。

他只能试着从生物学的观点来看待这一切。夫妻本来就是没血缘关系的陌生人,双方各自尽了劳动的义务,也顺利传宗接代,所以等后代长大就没必要一起生活了,是这个意思吗?

"就不能好好谈一谈吗?"

室田精一装出从容的神色,试图重新回到话题。

"不用了,多说只会让事情更复杂。我先去休息,你自己好好想一想吧。"

"喂,你等一下,没人这样搞的吧?"

妻子径自走出客厅,只冷冷地说了一句:"洗澡水放好了。"

室田精一独自沉思,无奈脑袋始终转不过来。"熟年离婚"这说法他听过,但身边没有类似的案例,他原以为那只是都市传说,没想到现实生活中真有其事。

他点了一根始终戒不掉的烟,思考着烟瘾是不是妻子离婚的理由。

也不对,光看妻子态度如此坚决,抽烟也只是一小部分原因,不会是主要的理由。妻子对他的厌恶感,肯定来自某种更本质的东西。而且套用妻子刚才的说法，她已经受不了跟丈夫呼吸同样的空气了。

室田精一拿出手机，却没有勇气打去问女儿。客厅突然变得好空旷，这栋房子的屋龄已经四十年了，父亲传下来以后也整修过，要在此安度余生没有问题。本来他打算再住二十年，等真的撑不下去就卖掉，跟妻子一起搬到公寓，聘请看护照顾他们的生活起居。

除了白头偕老的结局以外，室田精一对于未来从没思考过其他可能。

最近他很喜欢吃荞麦面。

不是拉面也不是乌龙面，就是喜欢荞麦面。嘴馋了就随便找家店吃，还四处造访知名的面店，连市公所主办的"手工荞麦面讲座"都参加了。

遗憾的是，他没有在家展示手艺的机会。现在他已经没有家人了，找朋友来家里又得说明自己孤家寡人的原因。

"东北地区的荞麦面，很合东京人的胃口。"

室田精一说的不是客套话，这里的酱汁浓郁，很接近江户的风味。

"是的，这乡下地方，也只有荞麦面的味道值得骄傲了。"

在候车室独自经营面摊的女老板，皮肤白皙又丰腴，室田精一看不出她的年纪。

对自己的美貌毫无自觉，这种朴质性情大概就是青春永驻的秘诀吧。

室田精一眺望窗外平淡无奇的站前光景，品尝荞麦面质朴的味道。人的年纪越大，似乎对吃这件事就越讲究。

萧瑟的站前路上，不时有夹杂雪花的狂风吹过。猛烈的雪风一吹来，候车室的玻璃就雾蒙蒙一片，没一会儿又恢复原有的景象。

室田精一突然想到一件事，拿起手机拨打电话号码。

"您好，这里是联合信用卡高级会员客服，敝姓吉野。不好意思，麻烦您输入手边的信用卡卡号。请开始输入。"

这个认证手续未免太过麻烦，每次都要先按下十五位数的号码，才能跟这个叫吉野的客服对话。

不过，"全球顶级服务"本来就不是他消费得起的东西，想来也没什么好抱怨的。每年甘愿缴纳三十五万元会费的贵宾，想必需要这样的信息安全措施，手续繁杂一点也实属正常。

"请问，您是室田精一先生本人吗？"

"是，我是本人。"

"好的，请告知您的出生年月日。"

"我只是问个简单的问题。"

"很抱歉，诚如我们先前的说明，这是高级会员的规定，还望您多包涵。"

室田精一压抑不耐烦的心情，报上自己的出生年月日。

"感谢您今天使用联合归乡服务，请问有何需求？"

对话总算开始了。

"我已经到驹贺野的车站了，可是没赶上公交车，我不知道公交车一小时只有一班。"

吉野立即给予温柔的答复："请别担心，这个舞台今明两天都是您专用的，请您放心。接待您的家长也会配合您的时间，您不需要担心。"

"哦，是这样，会配合我的行动？"

"是的，联合归乡服务的宗旨，就是让客人好好享受归乡的体验。请随您的喜好，自由享受就好。"

"明白了，这么说来也不用特地联络了？"

"没错，一切请放心交给我们，有紧急的事情再联络就好。"

"哎呀，让你见笑了。我跟其他会员不一样，前不久还只是普通的上班族。"

室田精一想象着这个叫吉野的女客服被逗笑的表情。当然，他们素不相识，但他相信对方一定是个美女。

"我们的每一位会员都是高贵又正直的好人。"

室田精一很佩服吉野的应对策略，难不成客服培训手册教过这种对答技巧？

"室田精一先生，还有其他要事吗？"

"啊，没有了，那我就期待你们的服务了。"

"好的，祝您有一次愉快的归乡之旅。"

讲完电话以后，室田精一靠在面摊的柜台上，愣愣地望着窗外的风景。

一阵阵吹来的雪花，看起来就像翻飞飘舞的窗帘。

"哎呀呀，今天风势真大呢。"

看不出年纪的女老板，意外来到他耳边嘀咕了一句，听起来活像异国的语言。

公交车上的乘客都是高中生，穿的还是立领学生服和水手服，这两种学生服饰在东京已经看不到了。年轻人习惯寒冷的气候，大部分学生都没穿大衣。

公交车开过市区，来到一片广袤的雪景中。车子每过一站，乘客就更少一些。

当初，室田精一荣升总公司的部长时，收到信用卡公司的升级邀请，那是号称"全球顶级服务"的黑卡。现在回想起来，每次升迁，就会收到"金卡"和"白金卡"的升级邀请，可能是公司的人事数据外泄了吧。只不过，在那个还没有信息安全观念的时代，大家并不太在意这种事情。

身为制药公司的业务部长，接待客户是很重要的工作。医生和医院相关人士总是夜夜笙歌，仿佛景气好坏跟他们没关系一样。

升级成高级会员有一些平常人得不到的好处，例如私人小客机的包机服务，或是在高级精品店打烊后包场消费。老实说，这些服务和上班族一点关系也没有。

况且，他的年纪也不适合打肿脸充胖子，但他好奇地阅读信用卡公司寄来的说明书，发现某些服务还挺实用的。

比方说，临时要招待客户的时候，黑卡会员随时都能预约到高级餐厅的位子和包厢。突然接到出差的命令，也绝对不会订不到旅馆。

室田精一心想，这些服务的确用得到。配合客户的行程预约旅馆，替客户接风洗尘是业务部门的使命。每年三十五万元的会费，自掏腰包支出也不算贵。信用卡公司大概也是看准这一点，才会邀请部长层级的客户进行升级吧，部长的工作就是整天接待客户。

这张黑卡还真发挥了不小的作用。室田精一提出的要求再仓促，信用卡公司也从没让他失望过。预约旅馆和餐厅自然不在话下，就连预订旅游旺季的机票和高尔夫球场，也是有求必应。多亏这些服务，室田精一的业绩也大有进境。不知道他有这项法宝的部下，都赞叹他的神通广大。

可是，室田精一并没有更大的本领了。他是个优秀的业务，也只配当业务，他看不清业界的大局。

少子老龄化的情况日益严重，医疗费用也逐年扩大，政府要求药厂降低药价，同时推广便宜的通用药品。于是乎，国内的药物市场缩小，既存的新药制造商只剩下两条路可走，引进海外企业共同经营，或是进行大规模的业务合作。

室田精一看不透业界的潮流，公司需要的不再是业务高手，而是有宏观视野的年轻人，以及有能力开发划时代新药的研究员。

五十多岁的室田精一有足够的资历和功劳，本该晋升

“业务监察总部长”，结果却被调到京都郊外担任“关西物流中心主管”。

室田精一说服自己，他并没有被下放，这个职缺很适合他度过最后的职场生涯，没有比这更适合他的地方了。

反正两个女儿都嫁人了，他的健康状况也算不错，就独自到外地任职。平日从市区的公寓到郊外的公司上班，周末才回东京一趟。偶尔妻子也会来京都，陪他一起参观寺庙，这样的日子倒也安稳。

顶级的黑卡已经派不上用场，但他也没打算解约。

拥有全球顶级的黑卡，对他来说是人生的里程碑，也是个光荣的纪念。所以他打算持有到六十一岁，也就是退休那一天。

终于，退休的日子到来了。可惜他无缘前往子公司颐养天年，人事单位愿意让他再当两年的物流中心主管，薪资水平却大不如前。当然，薪资是按照规定给的，但他总觉得自己被糟蹋了，上面根本不看重他，只施舍他三分之一的薪水。

公交车一路行进，沿途的积雪越来越深。

没有光影变化的纯白世界，令他暗自神伤。自夏天退休后已经过了半年，现在他还是无法接受自己遭遇的现实。牺牲奉献了四十年的职场，还有结缡三十二年的发妻，全都从他的人生中消失了。

天上降下白雪，替银白世界又涂上一层新的空白。这一带已经没有柏油路，车子是开在雪道上的，没有防滑链的声响和震动，搭乘起来反而舒适。不知不觉间，公交车上只剩下他一名乘客。

说穿了，夫妻本就是没有血缘的陌生人，一旦失去爱情和感情基础，只剩下本性的厌恶，婚姻也没有维持下去的理由。妻子甚至不想跟他呼吸同样的空气。

室田精一不希望余生都在憎恨中度过，更不愿毁掉三十二年来的家庭回忆，因此他顺了妻子的意，没有找律师对簿公堂。

然而，有件事他实在无法原谅。妻子在摊牌之前，找了一堆冠冕堂皇的理由，骗他一次领完所有退休金。

妻子的说法是，现在这世道没有一家企业值得相信。万一老东家倒闭，或是未来被欧美的合作伙伴吞并，分批给付的退休金说不定也会化为泡影。

妻子年轻时在大银行工作，对经济情势有独到的见解。过去的高利率时代，存款在妻子手上也运用得当。妻子提出的意见，自然有一定的说服力。

大部分人选择分批给付退休金，主要是因为现代人退休后的平均寿命变长，而且这样也能少缴一些税金。据说，几乎没有人选择一次领完退休金，除非当事人有贷款或债务要还，或是打算用那笔钱来创业。

讲句不好听的，室田精一被设计了，妻子拿了他一半的存款和退休金，总额超过三千万日元。妻子握有未来人生的主导权。

他知道妻子比自己聪明，但他万万没想到，妻子竟是如此无情的人。

好在妻子没有要求不动产和有价证券，或许这是无情的女人对他略施的小惠。

"下一站相川桥，下一站相川桥。"

冷硬的录音声，宣告着目的地快要到了。室田精一擦去窗户上的水珠，还是看不到哪里有民宅。他怕自己搞错地方，被落在这冰天雪地里可不得了。

室田精一赶紧从包里拿出文件。那是信用卡公司寄来的说明书，上面介绍了"联合归乡服务"的内容。

说明书上写道，从驹贺野车站搭乘县营公交车四十分钟左右（冬季路面积雪，可能会有误点的状况发生），在相川桥站下车。搭乘出租车或租车自驾的会员，请以相川桥站附近的慈恩院为地标。

说明内容恰到好处，不会太多也不会太少。服务的主题是"归乡"，或许是怕说得太多会破坏归乡的兴致吧。

"客人，您是要在相川桥下车吧？"

司机好心提醒，室田精一按了下车钮。其实，车子离到站还有一段距离。

当初，室田精一准备退掉黑卡的时候，正好收到一封看起来很高级的黑色信函，上面还印有银色的纹样。

为您献上归乡情怀。

光看这句标语，室田精一还以为是卖乡土名产的广告。不过，这种企划不适合用在高级会员身上，想必是在推销乡下的高级别墅吧？不消说，高级别墅同样跟他无缘，但看一下不切实际的可笑企划，也别有一番乐趣。

为您献上归乡情怀。

一九七一年，联合归乡服务先后在马萨诸塞州康科德、肯塔基州伊丽莎白小镇、亚利桑那州梅萨推广，如今企划规模稳定增长，全美已有三十二处情怀乡土，以及一百多名接待家长。

联合归乡服务提供的不是别墅买卖或寄宿服务，而是一种生活风情，让各位找回失去的故乡情怀，重温那段往日时光。

我们从美国直接引入这套企划，目前仅供高级会员使用。

为您献上归乡情怀。

对联合归乡服务有兴趣的会员，请致电我们的客服专员。

公交车在相川桥站停下了。

室田精一用零钱付完车费，走下空荡荡的公交车。

好在雪停了，只剩冰晶在寒风中飞舞。

附近的地标，好像是叫慈恩院的寺庙。室田精一在候车亭点了一根烟，环顾道路左右两侧。路上有几家歇业的店铺，再远一点的地方，有个很像寺庙建筑的大屋顶。

　　两天一夜的归乡之旅，不含税就要五十万元，室田精一也不晓得这算不算昂贵。如果只当成一趟耍噱头的旅行，或许是贵了一点；但要是真能享受到所谓的"生活风情"，那这个价码倒也无可厚非。

　　更何况，他已经离婚了，跟女儿联络也越来越少，早就没有了金钱观念。少了一半的存款和退休金，理当重新规划自己的人生才对。可是，没有了家庭这个寄托，他不知道金钱还有什么价值可言。

　　室田精一吞云吐雾，内心想的是，就当自己终于回到家乡，摆脱了一切恩怨和琐事吧。不这样想的话，这五十万元实在太贵了。

　　"哎呀，这不是精一吗？"

　　马路对面停了一辆小货车，车上的人摇下窗户，是个穿棉袄戴毛线帽的老头。

　　"果然是室田家的精一，好久没看到你啦。"

　　难不成是信用卡公司安排的临时演员？若真是如此，这服务也太周到了。对了，当初填写申请书的时候，上面有很多烦琐的项目，连小时候的乳名都得写。

　　"是啊，好久不见。看您健康如昔，真是太好了。"

　　室田精一也开口来了一段亲切的问候，或许是长年干业务的关系吧，遇到素昧平生的对象打招呼，也要装出一副很熟稔的态度，这是做业务的铁则。

　　这下反倒是老人有些困惑了："你母亲一直盼着你回来

呢，快点回家吧。"

老人摇上窗户，又补了一句："对了对了，精一啊。你是不是忘了回家的路？我跟你说，你就从那座寺庙拐个弯——"

"慈恩院对吧？"

"对对，走到那里你就会想起来了。"

老人的意思是，走到那里就会看到他该去的房舍。

"多谢指点，有劳您了。"

室田精一低头致谢，老人嘴巴一歪，笑着回礼。小货车开过慈恩院门前时，还按了一声喇叭，可能是通知客人到了吧。

他满心期待，小心翼翼地走在冰冻的路上。

霎时间，他想到一个不祥的字眼——"黄昏聚落"，意思是整座村落只剩下老年人，连共同生活都维持不下去的窘况。

一个小时只有一班的公交车，也没有高中生坐到这一带。要从这里上学并非不可能，但没有高中生在这儿下车，代表村子里已经没有小孩，也没有抚养小孩的中年人。

积雪的路面都结冰了，室田精一每一步都走得很谨慎。四周没有车辆或路人的气息，耳边只听得到风声。心脏在严寒和期待的刺激下，发出剧烈鼓动的声音。

室田精一是土生土长的东京人，并没有故乡或乡土这类的归宿。祖父母好像来自群马和新潟，早就跟故乡断绝往来了。换句话说，从他父母那一代就没有故乡可回，这样的家庭在东京并不罕见。

　　到了地价翻倍的年代，父亲卖掉市区的一小块地，举家搬往郊区。这下子，室田家再也没有一个称得上故乡的归宿了。

　　室田精一之所以对奇妙的归乡服务感兴趣，主要是对归宿有一种美好的憧憬。他对故乡充满着无限的遐想。

　　另一个可能称得上理由的因素是这样的——

　　他曾经孤身一人到美国任职两年，当年生化技术广受全球瞩目，公司派他前往美国，跟那些先进的医疗企业建立合作渠道。

　　事后回想起来，那或许是公司给他的考验吧。可惜他的英文不好，还没有立下功劳就被换掉了。

　　尽管只待了两年，室田精一对美国还是深有体悟。那是个充满活力和冲劲的国度，而且汲汲营营、勤勉不懈。

　　简介手册上的内容很抽象，室田精一却有具体的猜想。全世界最勤劳、最有活力的商业人士，若想充实度过短暂的假期，绝不会去热情的迈阿密或吵闹的拉斯维加斯。他们宁可支付两天五千美元的高价，也要体验一下虚拟故乡的情怀吧。

　　当然，劳动制度健全的欧洲人不会有这样的需求。也许日本的现状，适合推广美国这套企划。

　　"哟，这不是精一吗？好久没见，你长胖了呢。"

　　老和尚在慈恩院的石阶上清扫积雪，想来应该是住持。

"啊，您好，真是好久不见了。"

室田精一的"业务嘴"又擅自动了起来，这确实是他改不掉的习性，既来之则安之，他决定配合服务好好表演一下。那些从纽约回到马萨诸塞州"故乡"的外国会员，应该也会发挥美国人热情幽默的性情，做出类似的举动吧。

住持似乎也大感意外，连扫雪的动作都停下来，寻思着该说什么才好："千代女士常来扫墓呢。不然你明天也来一趟吧，相信你父亲和爷爷奶奶也会很高兴的。"

千代是接待家长的名字吧？故事设定成父亲已经亡故，老迈的母亲痴痴等待外出打拼的儿子回家。

刚才开小货车的老人说，走到寺庙拐个弯就到了。

"呃，是往这边走没错吧？"

"对对，现在路面积雪，也难怪你看不出来。好了，快去吧，你母亲在天寒地冻中等着你呢。"

有谁会遗忘自己生长的地方呢？老和尚也许只是临场发挥，但也真是体贴细心。刚才小货车鸣喇叭，是在通知这位住持吧。

路边有一座土地神像，上面也积了一层雪。感觉土地神像的头歪歪的，好像在替室田精一指路一样。

拐过石墙的转角，有一条小径通往杉木林立的山丘，路上的积雪都被扫干净了。缓坡上有一栋屋子，那是只有在画里才看得到的山村古厝。

室田精一大老远就看到那栋屋子，整颗心顿时沉浸在这人为安排的情境之中。他失去了工作和妻子，遍体鳞伤地回到了故乡。

柿子树将阴暗的天空一分为二，矮小的母亲在树下踏步取暖，盼着儿子回家。

"你回来啦，你可终于回来啦。"

看着母亲挥舞双手迎接自己，室田精一拔腿冲上坡道，顾不得身形踉跄。

"回来就好，不用急。这里是你家，不会跑掉的。"

清亮温婉的嗓音，顺着寒风吹拂，回荡在后山。母亲站在纷飞的冰雪中，笑容满面地迎接他到来。

"妈，我跟你说——"

室田精一本想说出满肚子的委屈辛酸，但他说不出口。

他来到母亲面前，重新调整自己的呼吸和情绪。

"我叫室田，劳烦您关照了。"

母亲张开老迈的双眼，显得有些讶异，接着静静地摇头说："你怎么啦，精一？对自己妈妈讲话不用这么客气。我终于盼到你回来啦，回来了就好。"

母亲戴着厚手套的手，握住儿子冻僵的手指："所有烦心事都忘了吧，回来了就好好休息。"

从茅草屋顶滑落的雪块，像城墙一样围住了檐廊。母亲牵起儿子的手走向屋内，室田精一闻到一股很香的味道。

"知道吗，精一，不管发生什么事，妈妈都站在你这边。"

门柱上的门牌，标示着"室田"二字。

夜晚好宁静。

风停了，鸟儿也归巢了，炉灶的火也熄了。太安静也不好入睡吧，做母亲的就说个床前故事给儿子听，像小时候那样。

很久很久以前，有这么一个故事。

相川村的老人家活到耳顺之年，就要到七八公里山路外的野地自生自灭。

有人六十岁还能下田种地，也有人混吃等死。总之，六十岁的人就要被逐出村落，这是全村决定的规矩。气魄好一点的会自己离开，泪汪汪被儿子背走的也大有人在。

深山中的野地只有竹林和芒草，一旦下雪就会被冻死。据说，有人割下芒草搭建小屋，挖一些薯类或草根勉强充饥。

相川村的寺庙后面有一户人家，儿子非常孝顺。

家中母亲早死，好在父亲身体康健、苦干实干，日子倒也过得下去。无奈，老人家年过六十就必须离开，无一例外。

到了离别的那天早上，慈恩院的和尚来到家里，替老人家诵了一段祈福的经文。接着村长也来了，奉上三斤的饯别米。

年迈的父亲打算自行离去，孝子硬是背起父亲，要送父亲最后一程。

半路上，父亲对儿子说："我再活也没多久，饯别米你留着吃吧。"

孝子说他做不到，父亲又说了："不然，留给你媳妇和儿子吃吧。"

聊着聊着，父子俩都哭了，山路也走完了，两人终于来到积雪的野地。野地上确实有一座用芒草搭成的小屋，屋里还有活着的老人家，招手欢迎父亲过去。那些人就是靠馇别米苟延残喘的。

父亲看出了门道，更不愿意带上馇别米。他解下自己的头巾，包下大半的馇别米交给儿子："你就留下这块头巾，当作我的遗物吧。"

孝子收下沉甸甸的头巾，哭着下山了。

过去这一带有个习俗，年轻人会在岁末的时候拜访老人家，留下一些白米。

只不过，现在村子已经没有年轻人，这种习俗也就慢慢消失了。

哎呀，你睡着啦，精一？

故事也说完了，祝你有个好梦啊。

3

好 友 的 忠 告

"听你讲还挺有趣的,再多说一点。"

松永彻提起之前的经历。果不其然,好友秋山非常感兴趣。

"你相信?"

松永彻观察好友的表情。

"这不是信不信的问题,我比谁都清楚,你不是会吹牛的人。"

心里的疙瘩总算解开了,这是松永彻头一次谈起那段虚幻的归乡经历。

"阿光,我不是要你分析我的为人。我是问你,你相信有这种服务吗?"

"话说回来,现在这世道有什么能信的?"

在泳池边休憩的人听到秋山的大嗓门,都回过头来盯着他。秋山豪迈一笑,又用更大的声音向大伙道歉,缓和气氛。

这间会员制的水疗场馆,开在大都市的高级旅馆中。松永彻偶尔会在周末挑一天来这个普通人消费不起的地方。

据说，在泡沫经济时代，这里的会费和保证金就高达一千万。时至今日，加入的门槛依旧不低。设施只开放给会员和相关宾客，而且要有其他会员推荐才能入会。换句话说，想加入的人得有基本的礼数，至少在泳池或桑拿房看到名人也要装作若无其事。

奇怪的是，这种上流世界的会员资格，会一并交接给新任的社长。可能公司本身就是旅馆大股东吧？或者旅馆的经营层认为，与其退还泡沫经济时代赚到的保证金，不如把会员资格过继给新社长比较划算。总之，对松永彻来说，这是当社长意想不到的好处。

秋山靠在躺椅上，享受着玻璃窗外洒下的冬日阳光。藏在浴袍底下的体格相当结实，怎么看都不像这个年纪的人。也许自由自在过日子的人，比较不容易衰老吧。

秋山光夫根本就是有钱有闲的高等游民。松永彻推荐他入会以来，他们每逢周末就会挑一天来这间水疗馆。两个人从学生时代起就是好朋友。

"联合信用卡的高级会员资格我也有。就是那个每年会费要缴三十五万元，贵到莫名其妙的服务吧？"

"那你应该也收到了简介？"

"这我就不清楚了，那种信我连拆都不拆就直接丢掉的。点数或折价优惠什么的，光想想就心烦。"

"为您献上归乡情怀。"

松永彻念起了归乡服务的标语。

"你在碎碎念什么？"

"那是简介上的标语，我就是被那句话吸引的。"

玻璃帷幕盖成的室内游泳池，外围有一大片庭园景致。设施不是盖在高楼上，松永彻很喜欢这种踏实的感觉。

这里的会员大多有一定的年纪，健身房也不会提供运动量太剧烈的课程和器材。医务室有医师常驻，替会员做健康检查。餐点是直接从旅馆餐厅送来的，高尔夫练习场也有专业的教练指导球技。

"你说村民跟和尚都是串通好的？"

"讲串通也太难听了，当作游乐园安排的角色就好。"

一旁还有真正的椰子树，高挑的天花板上有立体的蓝天彩绘，仔细一看，蓝天上竟然还有洒水器，着实好笑。

"所以，你的个人资料都在人家手里了。"

"是啊。不过人家号称是全球顶级服务，应该信得过？"

"喂喂，我说这位大老板，你也太没警惕性了。"

"光棍的身家资料有什么大不了的，就我一个人而已。"

"你还是一样温吞。也罢，你就是靠这种性情出人头地的。"

松永彻偷瞄好友的表情，心想这个人绝对比自己更温吞。大概再没有人比他更适合这间优雅又慵懒的水疗馆了。

秋山光夫在东京的商业区有好几栋楼，租赁和维修保养全都交给管理公司打点，他本人似乎没在管事。

单凭这一点，秋山已经称得上高等游民了。最令人羡慕的是，大笔资产全是父母留给他的。对一家全球顶尖的信用卡公司来说，这种人绝对是最理想的客户。

父母的遗产到他手上，既没有增加也没有减少。这应该就叫真正的"不动产"吧。

"信用卡公司给你安排的母亲叫什么？也姓松永？"

"不然呢？玄关也挂了松永家的门牌。她叫千代，松永千代。"

秋山本来在享用午后的红酒，一听到这段话红酒直接喷出来，赶紧用浴袍的袖子擦拭："呃，我记得你妈长得很漂亮对吧？名字也不叫松永千代。"

"松永孝子，孝顺的孝。"

"可惜你还来不及孝顺，她就仙逝了。她走时多大年纪？"

"五十二岁。"

"这么年轻就走了。她以前常留我吃饭，我却没参加她的丧礼。"

"不用在意。"

"不是，我没在意。我只是在想，松永孝子被换成了松永千代，你这个当儿子的都不觉得有什么不对吗？"

松永彻回想那天的情景，斟酌自己内心的想法。

老实说，他并没有把松永千代跟自己的母亲看成同一个人。年纪轻轻就去世的母亲，一看就是土生土长的东京人，跟那位"松永千代"毫无共通点。

"我压根没想到我妈,她们一点也不像。"

秋山又喝了一口红酒,遥望泳池的另一边:"也对,你妈跟乡村景色并不搭。所以是怎样?人家提供一个都市大叔向往的乡村,还找来一位完全符合慈母形象的老妈,是这样吗?哎呀,这也太绝了。意思是你彻底迷上了那种情怀,根本没想起你妈?"

"我不否认。我的意思是,那个舞台很符合日本人心目中的乡土形象。例如从新干线前往当地的交通手段,还有偏乡的风景和民宅,任谁看了都会产生那种情怀。不得不承认,确实安排得很巧妙。"

"为您献上归乡情怀,是吗?听你讲得我都心动了。我也去一趟好了。对了,开销是多少?"

松永彻从躺椅上撑起身子,招招手叫秋山靠近一点:"两天一夜五十万元,交通费自付。"

秋山被吓到了:"欸,这也太贵了。你报公账吗?"

"怎么可能,这是私人旅行。当然,以一趟旅行来说是有点贵,就当作难得回一趟老家,给老母孝亲费。"

"话是这样讲没错,但我没兴致了。"

"怪了,真不像有钱人会讲的话。"

事实上,秋山的金钱观念意外的精明。别看他是资产家,或许从事租赁业务的人有不得不精明的一面吧。

秋山光夫大学念了六年才勉强毕业。毕业后没继承家业也没找工作,而是去了美国。那个年代美国还是遥不可及的国度，他的梦想是就读专业学校，成为摄影师。只可惜没有人相信他是认真的。

就这样过了十年，没人知道秋山在美国干什么。没想到，十年后他真的成了曼哈顿的摄影师。

松永彻去美国出差的时候，碰巧从外派职员口中得知这个消息。据说，有位日本摄影师专门拍静物，好比商品样本之类的东西，工作室就开在苏荷区的旧大楼里。一开始听说摄影师叫秋山，松永彻还不太相信。他当场打电话确认，两位老朋友在异地重逢分外惊喜。

秋山的父亲是典型的好好先生，却有十分敏锐的商业直觉。在地价上涨以前买下不少房产，建立了庞大的资产。更聪明的是，他在房地产浪潮来临后，也坚持经营租赁事业，没有转卖那些房产。之后地价下跌，他手上还是有房产和租金收入，成了泡沫经济时代少见的幸存胜利者。

父亲骤逝后，身为独子的秋山带着金发的老婆，还有两个可爱的双胞胎回到日本。

秋山继承了父亲留下的公寓，将最上层改建成纽约上西城风格的建筑，妻子也几乎成了半个日本人，夫妻俩就在那间房子里过着悠闲的生活。亭亭玉立的双胞胎女儿，其中一人回到美国发展，另一人嫁去北海道的农家。秋山已经有四个孙子了，却死都不认老。

就松永彻所知，秋山的人生差不多就是这样。而且，在他能想到的所有人生中，这也是最幸福的一种。

"好啦,后续的话题到桑拿房聊吧。"

话一说完,秋山脱下浴袍,跳进了泳池。

秋山生性自由豪放,却保有良好的品格。松永彻很喜欢他那种与世无争的性情。

这里的泳池有点类似蚕豆的形状,更衣室就在泳池对面,后面则是温浴设施。松永彻懒得游泳,直接走路绕过泳池。

他突然有个想法,秋山根本就不需要故乡,所以才嫌五十万元太贵。秋山本就过着自由自在的生活,也许并不向往人生的归宿。在秋山眼中,"归乡服务"只是一则趣闻吧。

转念及此,松永彻生平头一次羡慕别人的幸福。

"对了,我都没见过你爸。"

二人来到昏暗的桑拿房流流汗,秋山打开话匣子。

"他都忙着工作啊,就是高度经济成长期常见的拼命三郎。"

"你也受他影响?"

"没有,我怎么跟他比。我爸连周末假日都在工作,多亏他们那一代的辛勤付出,我这个当儿子的才能享受周休二日,还不用加班。现在这个时代大家都提倡多休息,以前那一套已经看不到了。"

这里的桑拿房放了石头在火炉上加温,他们很喜欢这种正统的桑拿房。室温比最新型的远红外线桑拿房高,有点烧灼感的干燥空气,反而是一种享受。

他们的学生时代正好是桑拿萌芽期,二人经常逃课去蒸桑拿。那个年代桑拿还是有钱人的享受，不缺钱的秋山偶尔会请客。

"你爸多大年纪走的？"

"六十一岁。一到退休的年纪就辞掉工作，说要过悠闲的人生，结果就走了。"

"你妈五十二岁仙逝，你爸六十一岁。你们家人是不是都活不长啊？"

"时代不一样了。现在医学这么发达，我们就算活到八十岁，也会有人说我们早死。"

"听说单身的人命都不长哦，男性更是如此。"

全世界大概只有秋山会对松永彻说这种话，没有利害关系的好朋友，实在太难能可贵了。

"阿光。我啊，打算撤掉家族的坟墓。"

"干吗？"

"不然以后还要麻烦亲戚帮忙照看。干脆把坟墓都撤了，等我死了骨灰直接撒进大海就好。"

"你讲真的？"满头大汗的秋山，转过头对好友说，"别闹了。你确实是懂得瞻前顾后的人，可是你现在想自己的后事干吗？我知道这样讲不太好听，人生把眼前的事情顾好就好，何苦连结局都要算到？"

语毕，秋山沉默了一会儿，不晓得在想什么。

"欸，等一下，难不成……"

秋山拱起精壮结实的背脊，发出沉吟的声音。

"怎么了？身子不舒服吗？去外面透透气吧。"

松永彻伸手关心好友，秋山拍掉他的手，挺直背脊说："不用，蒸桑拿流点汗而已，我没这么虚。你刚才说，你在那个什么村落，本来还要去扫墓？"

"人家叫我去给父亲扫墓。不过那应该只是客套话。"

"话不是这么说，你不是说玄关还挂着松永家的门牌吗？照此推算，准备你们松永家的坟墓也没什么好意外的吧？"

松永彻想笑，却笑不出来。那个自称"松永千代"的老婆婆邀他去扫墓，就当是客套话好了，问题是回程时碰到慈恩院的住持，住持也提起扫墓的事情，两个人总不可能事先串通好吧。慈恩院的老和尚还说，松永千代平常很勤于扫墓。

"我说的有道理吧？"

"嗯。"

慈恩院真的备好了松永家的坟墓吗？

"要是准备这么周到，那五十万元不贵。"

松永彻感觉身上冒出的都是冷汗。他们准备的是泡沫塑料制的道具，还是真的经历过风雨吹打的墓石？

"该出去了，阿光。我头都快晕了。"

松永彻率先离开桑拿房，也没冲身子就跳进水池。他一头潜入水中，用手洗把脸。总觉得自己被什么鬼怪迷了心窍。

"松永啊，你果然不够谨慎，你的一切都被信用卡公司摸透了。啊，泡水真爽。"

秋山谨慎地适应水温，同时说出上面那段话。

"你要这样讲我也没办法，我好歹也是公众人物，除了住址和电话以外，我的信息在网络上都找得到。"

"连你没成家，还打算撒掉祖坟的事都知道？"

"不会吧，这怎么可能——"

"我就是在跟你说这种可能性啊。"

松永彻想起了相川村的秋季风光，每个细节都记得一清二楚。现在那座村子已经被大雪覆盖了吧。

那趟旅行带给他无比的满足和感动，他之所以提早离去，主要是想好好保留那份满足和感动。继续待下去的话，扮演他母亲的人可能就无法维持完美的演技，或是会说出什么不该说的话，破坏那段完美的虚拟现实。

松永彻在回程的巴士上打给客服专员，也是想尽早分享自己的满足和感动。

有这段无可取代的归乡体验，一年三十五万元的会费，还有五十万元的包宿旅费，说真的也不算贵。

不过，这么棒的服务有一个缺点。

享受过归乡体验的人，无法跟其他人分享这种满足和感动。因为分享等于坦承自己是孤独的人，孤独到想用钱买一个根本不存在的故乡。若没有秋山这么豪放又宽容的朋友，松永彻也只能自己憋在心里。

没错，享受过归乡服务的人，不会说出自己的经验。会使用全球顶级服务的人，都有一定的社会地位。

换言之，归乡服务也许还有更深一层的含意。

比方说，除了给那些没有故乡的会员一个归乡梦之外，是不是也提供给了孤家寡人的会员一块长眠之地呢？当然，使用这项服务的人，不可能跟其他人商量。比起撤掉祖坟，把自己的骨灰撒向大海，这方法至少清静省心，也算是回到故土。

秋山光夫提到的可能性，应该就是指这件事吧。松永彻不打算多讨论，怎么说这都是私人问题。

他们年纪也大了，不适合往返于桑拿房和冷水池。正好身体开始觉得凉了，二人泡入并排的浴槽里，最近温热碳酸浴似乎挺流行的。

温浴设施内看不到其他人影，头顶上照样是一片立体蓝天彩绘，棕榈叶摆动的声音，营造出南国的风情。

"据说，这套服务在美国很受欢迎，因此才引进日本的。"

关于这一点，松永彻想问问好友的意见。秋山在美国住了很长一段时间，还娶了个金发碧眼的老婆。秋山介绍过一些美国的风土民情，还有日常生活中的实用会话，那都是工作上用得到的知识。

"以前常听人说，在美国受欢迎的东西，搬来日本也会受欢迎。好比电视购物、大型商场之类，看上去都是小岛国不需要的玩意，结果却真的大受欢迎。"

"照你这样说，归乡服务也……"

"不，这可难说了。归乡服务牵涉人性，两国的民族性不一样。"

二人舒服地闭上眼睛，秋山光夫提出的论调蛮有趣的。

Home town，Home village，Native place。

这些英文跟日文的"乡土"有微妙的差异。英文的说法比较强调"出生"，并不带有乡土或故乡这类精神含义。

这跟两国的历史长短、风土民情、饮食文化都有关系，也是家族主义和个人主义的差别所在。日本人说的"故乡"是指父祖辈的来历，美国人说的"Home town"则是出生地，或是父母居住的城镇。

"话说回来，我们两个都没有故乡。要说东京是我们的故乡，那也行。只是，没有人会把高楼大厦或公寓看成自己的故乡。"

松永彻不太了解美国人，却幻想着美国人可能有的归乡梦。

美国人都是现实主义者，应该不会跟他一样沉浸在归乡的情怀中吧。美国人也不可能自行编造一套故事，把自己当成四十多年没回家的不肖子。

他们前往假想的故乡，大概也只是因为喜欢乡村的景致，然后把款待他们的老人家当成临时的家人，重温年少时的记忆。

"你说的归乡服务，搞不好在日本也会受欢迎。"秋山喃喃自语。这位好友看似豪放不羁，实则思虑周延，"可是啊，松永，你千万别犯傻去买那里的墓地，去那种地方扫墓太麻烦了。"

4
———

妹 妹 的 忠 告

"大哥，拜托你不要自作主张好吗？"

雅美粗鲁地推开客厅的门，马上就传来这段指责。

室田精一在对讲机上看到妹妹气急败坏，本来想假装不在家的，但他忘了锁上大门。

"不好意思，我不小心睡着了。"

室田精一瘫在沙发上装傻，其实他知道妹妹跑来发飙的原因。之前妹妹打电话来，说要趁岁末去扫墓，当时他就有不好的预感。不过，妹妹也是顾虑到哥哥刚离婚，才决定代为扫墓，当哥哥的又不好意思拒绝。

室田家的墓地位于民营铁路沿线的寺庙里。那座庙本来位于东京的下町地区，好像是关东大地震还是东京空袭的时候烧掉了，又转移到了郊区。祖父去世以后，室田家的坟就寄在那座寺庙了。

父母选在这里盖房子，可能也有方便扫墓的考虑，妹妹结婚后也在距家两个车站的地方买了公寓。东京的铁路是呈放射状往外扩散的，据说大多数的东京人，都会跟亲戚住在同一条铁路沿线上。

"大哥，我跟你说——"

妹妹缓了缓口气和情绪，坐到室田精一的对面："我是不晓得你们夫妻之间出了什么事，但大嫂也太过分了。我跟我老公听到都傻眼了。所以啊——欸欸，你有没有在听?"

妹妹关掉电视的电源。

"我在听。不好意思，让你操心了。可是，雅美，俗话说覆水难收，现在讲这些也没意义——"

"不要讲那些婆婆妈妈的话啦。对了，你说要迁家族墓，到底是怎么回事? 而且还要迁到岩手县，那里跟我们家一点关系也没有。解释一下好吗?"

不好的预感果然应验了，早知道就不该打给寺庙询问迁葬事宜。妹妹去扫墓，庙方肯定会跟妹妹提起这件事。

"我女儿都嫁人了，室田家也就到我这一代为止。你说我自作主张，现在姓室田的也就剩我一个，无所谓了吧?"

"少窝囊了。"妹妹捂住脸庞说道，"室田家的墓我来照料，我也会叫我的小孩去扫。什么叫室田家就到你这一代为止啊? 大嫂那种人值得你留恋吗? 其实我老早就担心会有这一天了。"

室田精一认为这纯粹是诡辩，但在高中教书的雅美口才很好，而且她的个性跟母亲一样剽悍强硬。

"不是，我不想给我女儿还有你们家添麻烦。我也不是立刻就要迁葬，只是先跟寺庙那边商量一下。"

室田精一还来不及斟酌说法，雅美又开口骂人了："你还说自己没有要干什么？那家族墓为何要迁到岩手县的花卷一带？大哥，你是不是之前去那里出差时养了小三啊？结果被大嫂发现，她才跟你离婚的？这说得通。"

"别讲傻话好吗。"

"那你好好解释，为什么要把爷爷奶奶、爸爸妈妈的遗骨带去那个地方？"

"我自己就想葬在那里，所以才要带爷爷奶奶、爸爸妈妈一起过去。反正室田家就剩我一个了。"

"你这算哪门子解释？欸，我是站在你这一边的。我保证不会批判你，有什么事你老实跟我讲。"

妹妹这种存在对男人来说实在太棘手了。不能打也不能骂，妹妹撒娇一下，当哥哥的也只好百依百顺。偏偏妹妹开始说教的时候，讲出来的话又比任何人锥心刺骨。

雅美利用煮咖啡的时间，帮忙打扫脏乱的厨房。年近六十的女人伤心落泪的模样，看了还是令人心疼。

到了这个地步，室田精一不得不说出那段奇妙的经历。

欸，我是站在你这一边的。

雅美这句话打动了室田精一。他们兄妹的感情没有特别好，个性也截然不同，哥哥继承了爸爸憨厚又优柔寡断的性格，妹妹则跟妈妈一样纤细又坚强。二人各自成家立业，父母都去世了，当然没有以前那么亲密，但妹妹的一句话，让室田精一感受到了亲情。

同样的话，室田精一之前就听过了。他不必探索记忆，一下就想起了大雪中的古厝，还有满脸皱纹的老婆婆。

知道吗，精一。不管发生什么事，妈妈都站在你这边。

就那么一句话，让他整颗心都被虚拟的乡土占据了，实在是感人无比。

在地炉旁边享用的乡土料理，好吃到不像这个世界该有的食物。饭后在雪中的小浴室泡澡暖暖身子，喝点小酒打发时间，听着哀伤的故事入眠。

当然，室田精一没有忘记这一切都是编造出来的。打个比方，他觉得自己是在体验大人专用的游乐设施，而且这设施还制作得很精致。就好像小孩子去游乐园玩一样，明知一切都是假的，还是乐在其中。

一夜风雪过后，隔天天气放晴了。母子二人在檐廊晒太阳聊天，度过一段悠闲的时光。室田精一甚至怀疑，时钟的指针怎么跟他的体感时间有偏差。

他心里非常清楚，那个自称"室田千代"的老婆婆不是真正的母亲。可是，有一个人愿意无条件支持自己，身份的真伪似乎也不重要了。

没错，重点是无条件支持自己。

室田精一被老东家和妻女抛弃，连存款也丢了一半，但只要有这座避风港和母亲，他相信自己就能安然度过余生。

中午时分，一位陌生的农家主妇带来手工制的荞麦面条。

"这是后家的媳妇啦，你去东京打拼之后，她才嫁来我们这里。"

"后家"并不是姓氏，而是指后面那户人家。室田精一不知是真是假，总之还是感谢对方平日关照母亲。主妇笑着说不客气，一脸腼腆地离去了。一看就是在偏乡独挑大梁的刚毅农妇。

"她有一个聪明的儿子，考上了东京的大学。可惜去了东京就不回来了，没办法。太聪明也不好。"

室田精一有种被母亲责备的感觉，找不到话说。

农妇拿来的手工荞麦面，香味浓郁又富有嚼劲，跟自己玩票性质的手艺，简直是天壤之别。

"好了，一起去扫墓吧。"

前一晚母亲邀他一起去扫墓，他原以为是客套话。没想到，母亲真的开始准备扫墓要用的东西。

"你在磨蹭什么啊，精一？爸爸在等你。"

现在回想起来，前一天在慈恩院遇到住持的时候，对方也谈起了扫墓的事。

室田精一有种说不出的古怪感受，却又找不到拒绝的理由。他反而很期待对方会带给他什么样的惊喜。

按照母亲的说法，过去相川村是相当热闹的驿站。一直到昭和时代都还有小学，显见这些年人口外流和老龄化问题特别严重。

实际来到慈恩院门前时，他发现这里看上去确实是座气派的古刹，跟周遭恬淡的景致有些不搭调。正殿的屋顶犹如白雪皑皑的山巅，右边的伙房玄关，还有精美的博风板。只不过，整体给人一种寂寥的印象，仿佛也受到村落凋零的影响。

老住持在寺内扫除积雪，现在才入冬没多久，日后真下起大雪该如何是好？

"这村子现在只剩下老人，我儿子也不想继承寺庙，看样子只好找本宗的宗主商量商量了。"

住持带领母子二人前往后方的墓地，讲话的语气听起来不太自然。也许住持为人憨直，或者是因为职业的关系，不习惯说谎吧。

穿着老旧僧衣的住持，一路上都没有回过头来。这些人并不是专业的演员，而是承接信用卡公司外包业务的善良村民，他们正在尽自己最大的努力款待来客。一想到这里，室田精一很过意不去。

母亲也说了几句，和住持搭腔："住持啊，现在村子里连继承农业的年轻人都没了，令郎不肯当和尚也无可厚非。只是这座寺庙不能倒，请您一定要跟宗主详谈，请他们想想办法。"

这肯定不是事先套好的台词。

"是，这世道和尚也越来越少了，每间寺庙都经营得很辛苦。可话说回来，墓地不能没人打理，相川一带就只剩我们这座寺庙了。"

这想必也是真心话，母亲和住持的对话虚实交错，室田精一根本插不上话。

正殿后方有一片宽广的墓地。昨天室田精一到站下车的时候，被开着小货车的老人家叫住。此时那位老人家正拿着铲子铲雪，帮他们清出一条路来。

"哎呀，真是辛苦您了。精一啊，这位是后家的老爹，人家一听说你回来扫墓，就特地来帮忙铲雪。"

换句话说，这位老人家是中午那位农妇的公公，而这应该就是他的真实身份，并不是刻意安排的角色。

"您好，昨天我们在公交车站见过面。"

室田精一笑着打了声招呼，内心却在斟酌到底该如何应对。

老人家似乎也不知该做何答复，只见他摘下头上的毛线帽，躬身行了礼："这穷乡僻壤的，劳您大驾光临。"

母亲赶紧打断老人家："多谢，阿稔。精一他爸还盼着儿子回来，我得赶快带他去扫墓才行，辛苦啦。"

一行人在小径上又走了一段路，看到光秃秃的栗树下有座气派的坟，上面刻着"一生不离丛林"几个字，但没有刻上"室田家"。不过，旁边倒是立有木制的供养牌，上面写有施主"室田精一"和"室田千代"之名。

室田精一心想，这安排确实很周到。

"老伴啊，精一现在功成身退，回来看你，你好好夸他几句。他把良药分送到医院和医生手上，帮助了好多病患。老伴啊，你该以他为傲。"

母亲在坟前上香献花，口中念念有词。住持也在一旁诵经。

室田精一不认为自己的人生有多了不起。可是，往日一切经过母亲这番话的洗涤，感觉好像真有这么回事。

原来制药公司的业务员和物流中心的闲职，也是拯救性命的工作。这是他从来没有想过的角度。

合掌助念的心，掀起了波澜，身体也在微微打战，母亲轻抚着他的背部。

室田精一也不晓得自己在感慨什么。只是，跟空洞的现实生活相比，这个虚拟的世界实在太美丽、太丰沛了。

他对着素未谋面的亡父追悔自己的不孝，之后抬头仰望冬季的蓝天，对母亲和住持提出了一个要求："我以后可以葬在这里吗？"

母亲回答："这是什么话，当然没问题啊。"

住持双手合十，平静地说道："寺庙一定会存续下去，请您不用担心。这是您与本寺的佛缘。"

庭院和客厅随着外面的天色也暗了下来。

"整件事差不多就是这样。"

妹妹没说话，只是点了点头，伸手摸摸染黑的头发，沉思了好一会儿。妹妹和妹夫都在工作，照理说家境还不错，而妹妹的举手投足，也的确有种从容的贵气。

听室田精一娓娓道来，妹妹也渐渐冷静，她个性虽然有些古怪，但处变不惊的沉稳风范跟母亲一模一样。

"按常理推断，那可能是邪教诈财的陷阱吧？我先跟你确定一下，真的没问题吗？"

这件事本来就令人难以置信，妹妹有疑虑也实属正常。

"那是曹洞宗的寺庙。"

"这么巧，跟我们家结缘的寺庙一样。"

"纯粹是巧合，要迁葬应该也不会太麻烦。"

"拜托你先不要自作主张。总之，我知道你没有在外面养小三。"

室田精一想到包里还有归乡服务的简介手册，便连同信用卡一起交给妹妹。直接给妹妹看证据，比说明来得快。

"我瞧瞧。为您献上归乡情怀，挺吸引人的标语。"

妹妹阅读简介手册，啧啧称奇："这就是黑卡啊，我还是第一次见识。真不愧是企业精英。"

妹妹借着窗外的斜阳余晖，仔细端详手中的信用卡。

"不是塑料卡吧？"

"钛合金制的。因为有点重量，用起来不太方便，我也有塑料卡。这张卡没有额度上限，连奔驰都买得起。"

"有那个额度，你也不会买啊。"

"点数永远不会归零，活久一点就能靠点数买奔驰了。"

"真像你的思考方式。"

"我的意思是，那是顶级信用卡公司提供的服务，信得过。"

妹妹靠在沙发上，歪着头不置可否。

"那可是全球顶级的服务，一年会费就要三十五万元。"

"是哦。"妹妹略表感佩，随后整个人弹了起来，"你说，一年会费就要三十五万元？"

"从户头自动扣款。"

"大哥，人家的服务顶不顶级我不管，一般人根本不会花这笔钱好吗？为什么你连金钱的加乘原理都不懂？跟小时候完全一样。这下我总算明白为什么大嫂要离开你了。老公没金钱观念，跟这种人在一起怎么可能靠年金度日啊？"

"喂，雅美，你不是挺我的吗？是你说绝对不会批评我，我才一五一十告诉你的。"

昏暗的客厅里，兄妹俩凝视着对方。妹妹苦思良久，却想不出该说什么，最后站起身来穿上外套："我该回去煮晚饭了。大哥，我老公也快退休了，一想到之后每天要替他张罗三餐，还要整天跟他大眼瞪小眼，老实说我也挺烦的。我老公卫生习惯很好，为人又严谨，几乎不需要我操心，但还是会觉得烦。"

刚才说的那些话，也不知道妹妹听懂了几成。室田精一相信妹妹是支持自己的，但还是很后悔说出那段经历。

妹妹打开客厅的电灯，临走前撂下了这段话："大哥，笨蛋我是真的挺不下去，身为室田家的人我也不赞成迁葬。你这么想要故乡的话，随你高兴，你一个人葬在那里吧。我走了，你多保重。"

5

古 贺 夏 生 的 故 事

听说，北国的春天不是渐进式的，而是一次就彻底地春暖花开。实际见识到那样的美景，古贺夏生只觉得自己运气好，躬逢其盛。

聚落开满了樱花和梅花，山麓也有辛夷花和山茱萸。路边更有连绵不绝的连翘花、珍珠花、芝樱。车窗外花团锦簇，简直目不暇接。

早几天或晚几天来，大概都看不到这样的花海盛景吧。

一想到这里，古贺夏生认为这份幸运是母亲留下来的礼物，心中不免感伤。

母亲是在东京花季到来时去世的。母亲在世的时候常说，希望长眠之日有花朵相伴，也算是求仁得仁了。母亲紧急住院的时候，樱花只开了一半，等她快走的时候，窗外已经满是花海。

简单庄严的葬礼结束后，古贺夏生趁还没去京都参加研讨会，替自己安排了一天假期，正好碰上空前绝后的春季绝景。

　　远方的山巅还顶着白雪银冠，蓝天万里无云。白雪和蓝天并未盖过花海美景，大自然调和得恰到好处。

　　有两位老婆婆穿得很保暖，应该是去镇上看病吧，交谈声可谓中气十足。古贺夏生听出"血压"和"血糖"这类字眼，无奈老人家的乡音太重，听不清完整的内容。好在她不负责诊治外来病患，否则连问诊都有困难。

　　她从驹贺野车站转搭公交车，颠簸了半个小时左右。按照路线图标示，相川桥还要再过一站才到，每一站的距离也不算短，所以抵达目的地还要一段时间。

　　北国冬天都会下雪，公交车一个小时只有一班，老年人去医院看病可不容易。

　　古贺夏生思前想后，突然感觉自己年纪大了。母亲一去世，她也一并失去了为人子女的安逸身份。六十岁该承受的重担，终于落到她的肩头。当然，这样的痛苦也没有时时刻刻刺激她，只是每天会想起两三次，就好像被迫穿上湿透的衣服一样不自在。

　　古贺夏生转头眺望窗外的春季美景，不再聆听陌生的方言。

　　樱花、梅花、辛夷花、山茱萸，美不胜收。

　　或许是她一直忙着工作，没有闲情逸致赏花的关系，这些花海看起来才特别漂亮吧。

　　连翘花、珍珠花、芝樱，尽收眼底。

　　她把医师身份当成唯一的寄托，到头来真成了无依无靠的孤家寡人。

父亲三十多岁就英年早逝。过去战时被征召入伍，退役后又重读医学院，是志向远大的人。

据说，夺走父亲性命的是一种叫肠结核的病。除了父亲以外，古贺夏生没听过有人罹患相同的疾病。抗结核药问世后，这种病也跟肺结核一样被根治了。

古贺夏生是母亲一手带大的，母亲从事护士工作，本来她也想走同样的路。不过，升上高中后她有更大的抱负，梦想成为医生。

私立学校的医学系学费太贵，自然不在考虑之内，母亲应该负担得起国立或公立大学的医学系，于是她跟母亲商量。

母亲反对她当医生，重点不是学费的问题，而是这份工作的付出和回报不成正比。母亲苦口婆心告诉她，医院的工作和实习医生的生活有多苦，甚至有可能跟父亲一样，染上危险的疾病。或许在资深护士的眼中，医生就是份吃力不讨好的工作吧。

不料几天后，上完夜班的母亲拖着疲倦的身子回家，竟然改口同意她当医生。

古贺夏生不知道母亲为何改变心意，只觉得母亲的决意并不坚定，因此也不敢多问原因。

可能母亲找值班的医生或同事商量过，又或是在夜深人静的值班时间，自己想出了结论。总之，决定她人生方向的重大时刻，既不是大学入学考也不是国家资格考，而是得到母亲同意的那一刻。

医生是吃力不讨好的工作。

古贺夏生从来没有忘记母亲的这句话。

就算不会重考或留级，要当上医生也得先念完六年医学院，再完成两年实习。等她真的当上大学医院的医生，收入却比进入大公司就职的同学还要低。辛辛苦苦做研究写论文，医学博士的头衔却对职业生涯没有太大的帮助。

每周还要值一两次的夜班，日程就跟蜂巢一样被塞得又多又满。

有些医生有办法抽空谈恋爱，顺利结婚生子。那些人的本事古贺夏生学不来，她的人生并非没有姻缘，但当时都没有发觉，等到事过境迁才知道自己错过了一切。

母亲一直到六十岁都还在做护士，结果一退休整个人变得老迈昏聩，到了七十岁还患上了严重的失智症。而母亲又是脾气硬的人，因此照顾起来特别费力。

开始照顾母亲以后，古贺夏生才明白母女相依为命的日子有多辛苦。些许的社会地位和经济能力，在这种生活中根本派不上用场。母亲需要的是女儿相伴的时光，无奈医生最缺乏的就是时间。

古贺夏生很清楚，所谓的平均寿命只是一项统计数据罢了。以平均寿命来衡量人生没有太大的意义，送行的人有没有恪尽职责，有没有接纳亲人的死亡，才是决定结局能否圆满的关键。

　　古贺夏生的心中就有遗憾。她工作太过繁忙，没时间去赡养机构探望母亲。坦白说，她也没把失智的母亲当成母亲，她的母亲早就不在了，而她真正无法原谅的正是这种观念，反倒不是自己的行为。即使她在漫长的看护生涯中，早已筋疲力尽，也无法原谅自己把母亲当成累赘。

　　"哎呀，这不是小夏吗？你是古贺家的小夏对吧？"

　　古贺夏生到站下车，马上有人叫住她。

　　感觉好像公交车一开走，舞台就拉开了帷幕。朝她搭话的女子，站在道路的另一边。

　　"是我啦。也对，你应该不认得我了，我是你以前的同学佐佐木幸子，我们念同一所学校。"

　　古贺夏生搞不清楚到底是怎么一回事。

　　这个人是不是在村子里开杂货店的？老旧的店铺里有些酒瓶摆在货架上，还有少许的食物和杂货。整间店只有"佐佐木酒铺"这块招牌特别气派，她想起以前听过一个说法，在衰退的商店街里，能撑到最后的一定是酒铺。

　　当然，相川桥车站附近也称不上商店街，除了佐佐木酒铺外，其他店铺早就关门没人打理了。

　　"伯母逢人就说你要回来了，每次公交车到站我都很紧张。对了小夏，你保养得不错，看起来跟我不像同一个年纪的呢。"

　　古贺夏生终于想通了，联合归乡服务就是从这一刻开始的吧。

她可不想把这种乡巴佬当成同学。然而，如果自己没有化妆，没有去美容保养，也不顾虑外貌，大概也会变成这样。

"叨扰了。这里真是漂亮的好地方，到处都开满了花。"

古贺夏生微笑以对。除此之外，也没其他话好说。

"回到自己的故乡，就不用这么客气。小夏啊，你太久没有回来，应该也忘记回家的路了吧？"

"啊，是。"

古贺夏生还是想不出其他的答复。联合归乡服务的导览说明非常简洁，只写了在相川桥的公交车站下车，走到一座叫慈恩院的寺庙附近就好。

说明简洁不代表服务不亲切。之前客服传来电子邮件，表明他们会打点好一切。意思是服务很周到，会员只要放轻松享受就好。最棒的款待不需要多做说明。

佐佐木幸子指着笔直的道路："听好喽，夏生。那里有一座寺庙。"

"啊，我知道，慈恩院对吧？"

"对对，原来你还记得。走到那里拐个弯就到了，看要不要先打电话给伯母？"

一听到幸子讲起母亲，古贺夏生倒吸了一口气。

客服专员不管是打电话还是寄送电子邮件，提到父母都一定是用"Parents"一词。讲到故乡也不会说"乡土"，而是用"Village"代称。

英文会淡化本来的语意，使用"Parents"一词，就好比留学生称呼海外的监护人或寄宿家庭的夫妇一样，意思是代替父母照顾自己的人，或是跟家人一样值得信赖的人。

古贺夏生有点害怕了，一个陌生的母亲在等待她回家。信用卡公司找了一个善良的村姑扮成她的同学，所以大概也找了个人扮成"母亲"，在家里等她到来吧。

店内传来幸子的大嗓门："啊，伯母你好，我这边是佐佐木酒铺。小夏已经到了，你待会儿在上面挥挥手，替她指一下路。我顺便叫她带几罐啤酒过去——哎呀，不用钱，收了钱不就是强制推销吗？就当我的一点心意。"

幸子挂断电话，从冰箱拿出啤酒装进塑料袋里。

"小夏，这是我的一点心意，拿去吧。"

"拿这么多啤酒不好意思，我还是付钱吧。"

"都说是一点心意了，千代伯母她酒量不错。"

古贺夏生的心弦又被触动了，去世的母亲正是叫"千代子"。

她收下啤酒，凝视着笑眯眯的幸子。那爽朗快活的表情看不到一丝虚情假意，说话听起来也不像在背台词。

归乡服务的申请书上有很多烦琐的问题，例如儿时的回忆、受过的伤和生过的病，还有个人的喜好、兴趣、习惯等等。但没有值得外流的个人信息。

当初加入会员也不需要上交户籍誊本的复印件。后来升到金卡、白金卡，乃至成为高级会员享受全球顶级服务，也同样不需要这道手续。

老实说，古贺夏生对那些不切实际的服务没什么兴趣。她只是想了解，一个单身医师的信用评级到底有多高。她的好奇心不是真的很强烈，申办手续太麻烦的话，她压根也不会办理。

古贺夏生重拾冷静，想必"千代"这名字在那个年代很常见。毕竟这是吉祥的好名字，意味着永恒，也有可能是取自国歌的歌词。

临行前，佐佐木幸子感触良多地说道：

"小夏啊，你好漂亮。"

"谢谢你，小幸。"

这不是古贺夏生对于啤酒和赞美的客套话。这些乡民秉持着真心诚意，替她一个孤家寡人准备这么棒的归宿，她彻底感受到了这份心意。

幸子听了这句话，身心也放松了。

"多待一会儿，别急着走。千代伯母很寂寞呢。"

这句话想必是事实吧。

"哟，是小夏啊。好久不见了，回来了就好好孝敬你母亲啊。"

一位农夫开着小货车经过，满是皱纹的脸庞笑得很开心。

"我刚才做了一些荞麦面送去给伯母了，你待会儿回家的时候好好享用。"

农夫的儿媳妇在货车上挥手打招呼。

"不好意思正在洒扫，不方便下去迎接你。明天欢迎来扫墓，可终于盼到你回来啦，小夏。"

老和尚在慈恩院的山门下合掌行礼。

樱花、梅花、辛夷花、山茱萸，交织出粉色、白色、黄色的缤纷色彩。

连翘花、珍珠花、芝樱，这恬静的春色与村民融为一体。

古贺夏生告诉自己，这一切没什么好怕的。她把母亲的遗发放在手提包里，性格软弱的她未来必须一个人活下去，母亲的遗发是唯一的精神依靠。现在，她决定带着母亲的灵魂一起回归故乡。

在这春暖花开的日子，接受太阳、花朵、凉风的祝福，与母亲一同走过和煦的午后。

有了这样的想法，心中似乎也不再有阴霾了。本来母亲去世前的回忆，始终在她脑海里挥之不去，如今那段回忆也不再令她难受。

古贺夏生很后悔，自己没有以女儿的身份替母亲送行。可是，走在这段路上，她有了新的感悟。或许这就是母亲期望的结局吧。

夏生啊，你还是当医生好了 —— 在她得到母亲允许的那天，母女俩就已经达成共识。未来分别的时候，不要悲痛欲绝地说再见。

医生看尽生死百态，道别也是他们的义务。医生对无数失去母亲的儿女，平静地道出至亲不在的事实。那么替自己的母亲送行，哭天抢地未免说不过去。

那一晚值班的医生很年轻，感觉才实习完没多久。

古贺夏生还记得对方的名牌上印有森山二字，瞧那位医生佯装冷静的模样，想必还没有太多临终送行的经验。

那位医生紧张还有一个理由。

躺在加护病房里不省人事的病人，有个当医生的女儿，过去还曾在大学医院做到心血管内科的准教授，目前在专科医院诊治病患。公平收治每位患者是行医的首要原则，但母亲紧急入住的市民医院有古贺夏生的旧识，主治医生和值班的医生，也都知道她的资历。

事情发生在母亲离开赡养中心，回家休息的那天夜晚。赡养中心批准外宿，有点感冒症状的母亲吃完饭，一躺下来就失去意识了。呼吸并不平顺，心律也过缓。古贺夏生请救护车开往最近的市民医院，事后回想起来这个决定也没有错。

看到 CT 扫描结果，古贺夏生就知道母亲有重度肺炎，很多失智症患者无法说出自己的症状。母亲在插管之前，还喊了她的名字，那声音她永远也忘不掉。重病的母亲只剩下她这个女儿能依靠。当然，母亲需要的是女儿的亲情，而不是医生的专业。

母亲在加护病房躺了半个月，终于到了最后一晚。

"半夜一点，令堂的生命征象衰退，考虑到她年事已高，所以通知您来。"

森山医生以拘谨的语气告知状况，一身白袍藏不住他的紧张情绪。

"其他的亲戚……"

这是一定会问的问题。换句话说，现在必须得到全家人的同意，摘下人工呼吸器。

"没了，就剩我一个。你先深呼吸吧，森山医生。"

"不好意思。"森山医生深呼吸一口气，放松身上的力气。

"麻烦拉开窗帘好吗？"

森山医生打开护士拉上的窗帘，窗外有一整片盛开的樱花。不是加护病房的夜灯照亮窗外的美景，而是樱花的生命力照亮了封闭的病房。

古贺夏生看着那些连接在母亲身上的仪器，血压已经低到休克状态的指标，心电图的波形也摊平了。

"我们不打算做延命治疗，麻烦关掉人工呼吸器好吗？"

古贺夏生的语气很果决。本来这是森山医生该提出的建议，但森山态度犹豫，她只好主动提出。实际说出口，嘴唇也失去了温度。因为她总算明白，要不要延命已由不得母亲，而是她的意思。换句话说，她在亲口拜托别人结束母亲的生命。

古贺夏生握住母亲的手，森山医生默默关掉人工呼吸器。生命逐渐远去，犹如小舟驶离栈桥一般。

"多谢关照。"

古贺夏生对年轻的医生道谢。这句话她听无数的家属说过，却还是头一次自己说。

森山医生默默地低头致意。要一个阅历还不够的年轻医生，说出"请节哀"这类的客套话实在太难了。

"确认死亡时间吧。"

古贺夏生指示手足无措的森山医生，确认死亡时间是不能轻忽怠慢的程序。

森山医生观察母亲的瞳孔，将听诊器放在胸口确认心跳。

"令堂去世的时间是凌晨三点十二分。"

古贺夏生第一次替病患送行时，认为医生的手表只有这点功用了。看到病患死亡，会让人觉得一切努力都是徒劳。

古贺夏生想替母亲拔掉插管，但那并不是她该做的事情。她离开加护病房，在长长的走廊上来回踱步。不久的将来，当她躺在某家医院的病床上等死，没有亲人可以代替她做出放弃治疗的决定。是有几个朋友会替她难过，但她不愿意让他们承担家人该负的重担。

回到加护病房，房内没有其他医护人员。只有母亲的遗体，还有已经派不上用场的各式仪器，映衬在夜色下的花海中。

古贺夏生这才领悟，原来人类也是大自然的一部分。

回到自己的家乡，又有谁会迷路？

古贺夏生拐过寺庙的墙角，爬上有蒲公英夹道相迎的坡道，仿佛走在熟悉的归乡路上。一路上她感觉村民都在注视自己，所以特别注意体态。

远处似乎有人在呼唤自己，古贺夏生定睛一看，原来坡道上方有一座古厝，有人在檐廊下挥舞双臂。

"你来啦，你可终于回来了。"

古贺夏生也停下脚步挥手，她知道对方就是佐佐木幸子代为联络的"母亲"。或许彻底扮演好一个久未回家的女儿，会比以旅客的身份致谢来得妥当吧。

话说回来，真不愧是全球顶级的服务，信用卡公司准备的也太盛大了。光看佐佐木幸子和村民逼真的演技，想必扮演"母亲"的人也很入戏。然而，这样的剧情对现在的她来说太难受了。

事到如今，古贺夏生才开始后悔。问题是，都已经到这里了，无法取消。

信用卡公司不可能知道会员的近况。换句话说，服务越是细致周到，古贺夏生受到的伤害就越大。是不是应该趁现在联络客服？纵使无法取消服务，好歹也请他们在演出时不要太卖力。

"夏生啊，总算盼到你了，回来了就好好歇息吧。"

回荡在山林中的声音，如同箭矢般贯穿古贺夏生的心房。

包着头巾的老妇人，年纪跟母亲差不多。只是身材十分矮小，脸也晒得黝黑。

古贺夏生原先以为，这里是标榜乡土情怀的超高级度假村。那种地方总免不了一些演出效果和多余的服务，所以，佐佐木幸子、农夫、农夫的儿媳妇、老和尚等人，她也只当是临时演员罢了。

照理说，等待她的应该是乡村风格的豪华设施，来接待的也该是妙龄女侍才对。

不料实际抵达目的地，建筑物竟然是真的有数百年历史的古厝。在檐廊迎接来客的，则是包着头巾缺了门牙的老太婆，怎么看都是古厝的住民。

古贺夏生走近扮演她母亲的老婆婆："不好意思，我没带伴手礼就来了。这是下面的酒铺给我的。"

古贺夏生不知怎么打招呼比较好。扮演母亲的人收下啤酒，喜滋滋地说道："幸子她太客气了。可惜啊，传了四代的佐佐木酒铺，到她这一代就要收摊了，想来也怪寂寞的。我把啤酒拿去井里冰着。"

难不成这古厝还有水井？扮演母亲的人消失在空荡荡的走廊尽头，虽然背挺不直了，下盘倒是很结实。

"不用这么拘束，这里就是你家，快进来吧。"

甜美的嗓音自远处飘来，像音乐一样悦耳。

古贺夏生把手机收进包包。她已经站上舞台，错失联络客服的时机了。

她在檐廊坐下，俯视着慈恩院的巨大屋顶。正殿后方有一片静谧的墓地，看来偏乡再怎么荒废，寺庙也绝计不能关门。

沿着道路搭建的民房，从后方看去真的感觉不到一丝人烟。

奇怪的是，这些废弃的房舍没有破坏四周美景。争奇斗艳的花朵和生机盎然的绿芽，将一切调和得恰到好处。

眼前的景象实在太绚丽，古贺夏生忍不住闭上眼睛，感受着温暖的春季日光。她以往的生活一向跟太阳无缘。

"医生——"

古贺夏生听到有人在叫自己。回过头一看，扮演母亲的老婆婆，就坐在檐廊下的阳光里。

"古和医生——"

老婆婆大概是在叫"古贺医生"吧。古贺夏生点头应承，彼此都不知道该说什么才好，就这样对视良久。

"其实啊，公司叮嘱过我们，不可以做这种事。可是，装作一无所知的样子，我实在过意不去，所以想先向你道个歉。"

古贺夏生看不出对方的表情悲喜，但她感觉得到那股诚实恳切的心意。换句话说，扮演她母亲的人，准备打破禁忌。

"老太太，我没关系，您不用勉强。"

"嗯，只是这样我心里不痛快。"

古贺夏生环顾四周，她担心信用卡公司在这里安装了收音或监视器。

"医生你不用担心，公司很信任我的。"

扮演母亲的老婆婆解下头巾，放在膝头。老婆婆的身上沾到些许尘土，但浑身散发出一种清洁感，并未辱没了东道主的身份。

"医生，还请节哀顺变。"

扮演母亲的老婆婆，突然说出这句话，还双手扶地，低头致意。

"咦？您知道我的事吗？"

"公司告诉过我。所以啊，知道你刚经历丧亲之痛，公司叫我好好款待，老实说我真不知道该怎么做才好。"

"跟平常一样就好。我也不会投诉或抱怨什么，请您安心。"

扮演母亲的老婆婆抬起头，直盯着古贺夏生的表情，似乎感触良多："哎呀，古贺医生你真是位了不起的医生。外面那些当医生的，脾气都够大的。"

古贺夏生想起生母的口头禅，真正的好医生都很谦虚。这句话的意思是，真正的医生是非常忙碌的，根本没那个闲工夫摆架子。

老婆婆的感想打动了古贺夏生，好像听到生母在称赞自己一样。

"古贺医生，既然你说照平常来就好，那有什么失礼之处还请多包涵啊。"

看到那副宛若菩萨的笑容，古贺夏生真把老婆婆当成母亲了。

"你六十岁就要退休了？退休年限又还没到，这不是怪可惜的吗？"

古贺夏生其实也没铁了心要退休，她只是失去了继续打拼的意愿和活力。不过，过去的辉煌经历，反倒成为悠闲度日的绊脚石。专科医院的勤务太过繁重，偏偏她又不想回到以前待的大学医院。

利用人脉占客座教授的缺，算是最好的安排。可是，她又没有出人头地的欲望，也懒得这么做。

跟母亲坐在地炉边喝着啤酒，滋润了她干涸的心灵。

"现在医学进步得很快，我的脑袋都跟不上时代了。我不想成为那种不了解医疗现状，只能靠着论文累积权威的医生。"

古贺夏生兀自抱怨，母亲倒也听得懂她在说什么，想来是个聪明人。

母亲借她的老旧运动服，考虑到了她的身材高矮。在地炉边放轻松坐着喝酒，还真有回到家乡的感觉。

"六十岁，那就快了嘛，夏生。"

"哈哈，等到夏天我就六十岁了。在夏天出生，所以取名夏生，我这名字经常被误认为是男人的。"

"所以你夏天就要辞去医生工作？"

"现在医院人手不足，今年夏天宣告退休，大概还要再等一年吧。到时候真退了，我就得找个兼职了。"

"兼职啊，难不成你要去医院扫地？"

"啊，不是，兼职的医生，一周只看诊一两天。"

母亲不再皱着眉头，似乎松了一口气。

地炉边有各种美味的山菜料理。每吃一口都让古贺夏生赞叹不已，母亲简直就是料理天才。

有楤木芽和滤油菜炸成的天妇罗，酱煮紫萁还配上豆皮和竹轮。

"这是什么菜？"

口感丰富多变的春季飨宴中，夹杂着一丝苦味，古贺夏生想知道那苦味是什么。

"蜂斗菜的嫩芽搭配味噌去烤的，苦味有排除冬季湿毒的功效。"

水芹菜配豆腐渣和白芝麻，还有凉拌鸭儿芹，古贺夏生觉得自己吃的不是料理，而是春天温暖的生命力。

带皮的竹笋则是直接放在地炉上烤。

"这一带也没大根的竹笋，都是这种。"

古贺夏生一口咬下，芳香直上鼻腔。

"我说夏生啊。"

"怎么啦？"

母亲把笋子放在炭火上烤，斟酌着该怎么开口比较好：

"六十岁退休，太早了吧？"

古贺夏生总觉得，有人借母亲的口说出了这番话。

"现在上班族六十岁就退休了，我也想过点悠闲的日子啊。"

"这样太任性了。"

古贺夏生听到这句话，眼泪差点掉下来。现在已经没有人会当面训诫她了。

"这样算任性吗？"

她泫然欲泣地看着烟雾的另一端。训诫她的并不是生母的灵魂，而是年轻时的父亲。父亲盘坐在地，一手撑在膝头，一手拿酒小酌。

"当然算啊。你是夏天出生的，要在夏天画下人生句点是无妨，但没理由在自己的生日放弃医生的工作吧。"

父亲打完仗还立志悬壶济世，古贺夏生本来很崇拜父亲。曾几何时，她完全忘了要继承父亲的遗志。

"多谢您点醒我。"

古贺夏生正襟危坐，低头道谢。

当晚，她和母亲一起入睡。

天上看不到月亮，只有一点星光洒落在拉门上。

万籁俱寂中，唯有生命的律动独响。心跳和血液流动的声音，撼动着耳朵深处。

"明天也好好休息，别急着走。"

母亲这句话是真心的，并不是出于款待来客的义务。一个人住在偌大的古厝里，想必很寂寞吧。

"我也想多待一会儿，但还得去京都参加研讨会呢。"

"真忙碌啊。当医生，忙也没办法。那你是搭新干线，还是搭飞机？"

搭新干线要耗上半天时间，另一个方法是搭飞机从花卷飞到伊丹。搭乘早上九点二十分的班机，就赶得上下午的研讨会了。

"这样，那我开车送你去机场吧？"

"咦？你还在开车？很危险。"

"不会，我还硬朗着呢。转搭公交车和电车也挺麻烦的。"

"我叫出租车就好。"

"坐出租车很贵。先不说这个，倒是——"

母亲顾左右而言他，大概是不想太早跟女儿分开。古贺夏生听出母亲的心意。

这位老婆婆的母爱是真的。归乡服务这场浩大的虚拟体验，不只是靠演出效果、演技、舞台场景堆叠出来的，更重要的是老婆婆的真心。

换句话说，这已经不是"虚拟"了。

"妈。"

古贺夏生对着星光照不到的暗处，叫了一声妈。

"怎么啦？"

"讲故事来听吧，一个就好。"

"你睡不着？好吧，就一个。"

很快，母亲通透清亮的嗓音，自黑夜的领域散落人间。

很久很久以前，有这么一个故事。

有一年发生严重的饥荒，各地随处可见饿死之人的尸骨。冬天被埋在雪堆中的尸骨，就算有一部分露在外面，也只能放着任其腐烂。苟延残喘的农民连耕地都没力气了，更遑论供养那些亡者。

奇怪的是，到了春天依旧百花齐放，仿佛一切苦难都没发生过一样。梅花、樱花、辛夷花全都开了，那一年的花开得特别漂亮。想来是那些尸骨回归天地，成了百花的养分吧。

有一天，相川的旅店来了位落魄的武士。武士没带随从，只有美丽的妻子和小女儿一路相伴。人们一眼就看出，他是弃职出逃的武士。

由于饥荒实在太严重，农民纷纷丢下田地另谋生路。有的武士拿不到俸禄，干脆逃离自家藩镇。大伙也顾不得体面，都在拼命找食物果腹。

相川的农民饿死的饿死，出逃的出逃，人口只剩下原来的一半。然而，跟附近的村落相比还不算太惨，因此村民拿了一点食物，给那位在桥下忍受饥寒的武士。

"大人，这是一点山药粥，您用吧。"

武士并不领情："我可不是乞丐，你们这些无礼之徒。"

武士话讲得很难听，村民也不好勉强，但他们还是一直送食物到桥下。

"大人，好歹给尊夫人和令千金吃吧。女人家饿肚子怪可怜的。"

"退下，无礼之徒。她们是我的妻女，用不着你们操心。"

村民心想，武士是铁了心要寻死。于是，只好去找慈恩院的和尚想想办法。

"大人，就这样死在一座破桥下，可是武士的耻辱。您不要我们搭救也无妨，去寺庙也好，去寺庙让佛祖搭救您吧。"

"这世道早就没有神佛，你们也别理我了。"

武士一再主张，他绝不当乞丐受人施舍。

又过了几天，村民跑到相川桥下关心武士一家。武士就像睡着一样，宁静地走了。

武士的夫人忍着泪水对村民说，丈夫把所有能果腹的东西，包括少许的干饭、花草的新芽、紫萁、笋子，全都拿给妻女吃，自己只是一直喝河水充饥。

村民很敬佩武士的风骨，夫人割下丈夫的发髻，带着女儿不知往何处去了。临走前，夫人将武士的佩刀交给和尚，请和尚代为吊唁。

那对母女后来有没有活下来，没人知道。不过，慈恩院的和尚说，武士牺牲自己保全家人的性命，佛祖不会对他家人见死不救的。

现在相川桥边还有一座小小的祠堂，叫新兵卫祠。据说只要诚心参拜，外出远游的子女就不会受饥寒之苦。

这里的村民早晚都会去参拜。

佐佐木家的幸子、后面那户人家的老爹，还有慈恩院的和尚也会去拜。

最近我也常去那里参拜，祈求那些跟我有缘的子女平安喜乐。

我也会替你祈求的，夏生。

不用勉强自己，好好吃饭、好好过活就够了。

你做得很好了。即使没有人认同你，妈妈也会全力支持你。你这样就很好了，夏生。

哎呀，小傻瓜，哪有人听睡前故事听到哭的呢？

6

花 舟

祇园市区有一条名为白川的河流，研讨会后，古贺夏生以前教过的学生，带她前往白川河畔的一家店小坐。

岸边的樱花早已凋落，树上长满了绿叶，奇怪的是河川水面上还有满满的花瓣，犹如花朵织成的小舟。或许上游地带有一整片八重樱吧，古贺夏生打算明天一早起来，去上游探索未知的花海幻境。

"多谢你带我出来。大家以为我还待在大学医院，聊起来牛头不对马嘴，跟他们解释又很麻烦。"

古贺夏生愿意参加一年一度的研讨会，只是想了解最新的研究成果，并不想跟其他医师攀交情。

"大家都以为大学医院的医生肯定是业界精英嘛。古贺老师你看起来很有派头，我也以为你当上教授了。"

"派头？我都快六十岁了，这年纪有点派头也应该吧。"

"咦？你快六十了——"

"你是我的学生，我骗你做什么？小山内医生，我跟你说，大学医院有两个年纪比我轻的准教授，我待在那里也挺尴尬的。"

小山内秀子以前非常优秀。像她这么优秀的人，本该留在学术机构取得更高的学位，再前往美国深造，过上精英该过的人生。古贺夏生还记得，自己以前也很卖力地指导这位学生，甚至还把梦想寄托于她。

不过，小山内秀子甘于继承父亲的小诊所。而且找了个正直的夫婿，膝下育有二子。

成绩好的学生本来就很聪明，与其跟一大群男人竞逐荣耀，不如继承父亲的衣钵，当小镇医生比较快乐。至少，这样可以感受到幸福的人生。

花瓣持续漂过白川的涓涓细流，一叶花舟流过，马上又来一叶花舟。

她们是离开研讨会派对后，才临时上网找到这家店的，没想到临时找的店家还真不错。正好吃晚饭的客人都走得差不多，窗边的位子空了下来，几乎伸手就能碰到河水。

挑意大利餐厅也是个聪明的选择，在这种古色古香的地方吃怀石料理太刻意了，况且京都人的味觉很挑剔，不管煮什么都不会差太多。

"你家人都好吧？"

古贺夏生喝着餐前酒，关心学生近况。小山内秀子的父亲是她的大学学长，两人也算旧识。

"还好，父亲负责看诊，母亲帮忙带小孩。"

古贺夏生点点头，她不认为优秀的医生会甘于平淡，毕竟医生都有悬壶济世的使命，这一点不会变。

古贺夏生吃着开胃菜，心想京都人的味觉果然不同凡响。食物是真的好吃，跟店内华美的装潢无关，也跟窗外梦幻的夜景无关。

"其实，我母亲去世了。"

古贺夏生保持笑容，平淡地道出这件事。

小山内秀子立刻放下刀叉，表现出严肃的态度。她不认识古贺夏生的母亲，但知道她们母女俩相依为命。

"不好意思，我不晓得这件事。"

"没关系。八十六岁才走，算寿终正寝。真到了生离死别的关头，我们医生没什么可做的。我也只能说服自己，母亲圆满地走完了这一生。"

京都是座很神奇的城市，白川对岸有为数众多的行人，却丝毫听不到喧闹声。客人在餐厅里聊天的声音也不吵，跟窃窃私语没两样。奇怪的是白川的水流声却很清晰，感觉这座城市无时无刻不笼罩着一股静谧的气息，仿佛在提醒世人，跟千年的时光相比，当下的一刻未免太微不足道。

意大利餐厅本就跟历史或传统毫无干系，但这家餐厅的装潢和店内播放的轻爵士，都散发出高雅的格调，意外地和这座古都十分相衬。京都是个高贵又宽容的城市，这种说法或许能解释京都的神秘特质吧。

"抱歉，现在不适合聊这个对吧。"

小山内秀子一句话都说不出来。医生平日接触太多的生离死别，私下反而不太习惯谈论生死，更遑论聆听亲朋好友的生死。换句话说，医生不太擅长与死者道别，也说不出什么安慰家属的话。

古贺夏生思考着，该如何化解现场阴郁的气氛。现在只有一个话题可以很自然地扭转氛围了。

"老实说，我这阵子心情也不大好，所以就趁研讨会召开之前放个假，享受了一段奇妙的体验。"

古贺夏生好想分享那段经历，于是她开始谈起"归乡服务"。

今天早上的事情，现在回想起来恍如隔世。

扮演母亲的人，名唤"古贺千代"。老人家天还没亮就起床备好早饭，还开着小货车送她到当地的机场。

这份体贴的心意，怎么看都不像常规服务的一部分。女儿回家只待一晚就要走，感觉得出母亲真的不想太早道别。

"那些土特产你带着也不方便，我帮你寄去东京吧。"

母亲把白米和味噌放进纸箱里，语气依依不舍。

古贺夏生本来打算再住一晚，不去参加研讨会。打电话联络客服，信用卡公司应该也会通融。问题是，两天一夜就要价五十万元，再多留一天不知道要花多少钱。因此，最后还是作罢。

"妈，我可以再来看你吗？"

母亲停下手边的活："当然啊，这里是你的故乡。"

母女俩的对话很有默契。她们在虚拟的舞台上谨慎互动，生怕打破设定好的情境。

"不过，夏生啊，你可别心血来潮就跑来，我得先做好准备才行。况且，我这边可能会有客人。"

"常有客人造访吗？"

"也不是三天两头有人来，但万一撞期还是挺麻烦的吧。"

这话说得也没错，回归故里碰上素昧平生的兄弟姊妹，确实是麻烦事。信用卡公司的人又不可能跑来处理，母亲遇到不同的客人得用不同的姓氏自称，玄关的门牌也得换掉，一个老人家没法同时招待数名来客。

"以前没发生过类似的事情吗？比方说，有人很怀念这里，也没事先知会一声就跑来了。"

"哎呀，那我可吃不消。总之你要来的时候，记得先联络啊。"

当然，事前要联络的不是母亲，而是信用卡公司的客服。可是听刚才的说法，只要没有其他预约的客人，临时归乡也是可以受理的。

母亲不会有扫兴的言行举止，想必她很受信用卡公司的信赖吧。

"妈，你开车不要紧吗？不然我来开好了，但这样我担心你回程的安全。"

"没事，比走路安全多了。好了，差不多该出发喽。"

母亲仰望黑漆漆的梁柱，看着老旧挂钟上的时间。

老人家的每个动作，都跟这座古厝完美地融为一体。大概从出生或嫁来这里，她就一直住着没离开过吧。古贺夏生不免有个疑问，拥有全球最多会员的信用卡公司，还有那家严格挑选会员的高级俱乐部，是怎么跟这位乡下老妇人扯上关系的？

他们如何找到一位年过八旬还聪明伶俐的老妇人？又是如何教导她在整套服务中独挑大梁？这些问题真要追究，根本没完没了。

如果当面问母亲，她会怎么回答呢？应该没有客人会如此失礼吧，有资格成为高级会员的都是当今的达官显贵，大家会配合装糊涂的。

古贺夏生坐上小货车时，回头望了古厝一眼，心里感触良多。

倘若自己生在这里，立志从医，还考上了东京的大学，父母的财力有限，依然砸锅卖铁让女儿去念国立和公立大学——

古贺夏生想象着这样的故事，内心如释重负。

"请等一下，古贺老师。你这样岂不是背弃了自己的亲生母亲吗？"

小山内秀子开口打岔，她从学生时代就是这样，有问题一定要问个明白才甘心。

"你会这样想也无可厚非。那是今天早上才发生的事情，我都还没理清自己的心绪。只不过，我现在有个想法。"

古贺夏生喝了一口红酒，让情绪缓和下来。这番话要说清楚才行："说实话，我跟母亲之间是有一些心结。当然，母女之间多少都有类似的问题，但我们家没有父亲和其他兄弟姊妹，也没有可以依靠的亲戚。所以我们的状况，不是母亲独自教养女儿成材的美谈，也不是女儿继承父亲遗志的故事。母亲跟不少男性交往过，还当过医生的情妇。我不是说那样不好，只是我自己很难接受。可话说回来，我也是半斤八两。在母亲眼中，我这个女儿大概也不值得赞赏吧。因为这样，母亲没有完全依靠我，我也没有好好照顾失智后的母亲。"

"老师，你想太多了。不管你在大学医院还是专科医院，医生本来就没有足够的时间照顾父母啊。"

"不，我挤得出时间，但我没那样做。先不说这个——"

古贺夏生闭起眼睛，回想那座沐浴在朝阳中的古厝。

那座山脚下的古厝生我养我，每天搭乘一小时只有一班的公交车去学校念书，回到家就在和室伏案苦读。

"都市的生活一切都太快速、太壅塞了，我们看不透自己的本性，看不清事物的本质。一切来得快去得也快，连停下思考的时间都没有。所以，决定关掉母亲的呼吸器时，我思考了一个问题。对我来说，这个人到底是谁？我回到根本不存在的乡土，就是想要找出这个问题的答案。在那里住了一晚，我终于想明白了。不管我对母亲有什么看法，抗拒也好，轻蔑也好，我这个女儿就是她的一切。"

小山内秀子没碰桌上的餐点。她是两个孩子的母亲，一定能理解这段话的意思。

"小山内医生，我想说的是，我不是在否定自己的人生，也没有背弃自己的母亲。我只是想知道，母亲对我来说究竟是什么样的存在。那个老婆婆和那座古厝，用自身告诉了我答案。"

古贺夏生劝学生继续用餐，小山内秀子才拿起刀叉，她请恩师接着说下去。

"哎呀，小夏，你要走啦。"

车子开下坡道，慈恩院的住持停下打扫工作，打了一声招呼。

"她还要去京都参加研讨会，要赶九点二十分的班机。不好意思啊，和尚。扫墓只好等下一次了。"

母亲握着方向盘，向住持低头致意。

"这样啊，医生真忙碌。那好，有空再来。"

难不成，信用卡公司连墓碑都准备好了？

"妈，我想拜托你一件事。"

"怎么啦？说来听听。"

"你昨晚说过，相川桥旁边有一座小祠堂，还在吗？"

"你说新兵卫祠？"

"对对，就是新兵卫祠，我想去参拜一下。"

"自己老爸的坟不去扫，怎么反倒去祭拜新兵卫大人呢？"

信用卡公司要是真的准备了一座坟，古贺夏生也不打算祭拜虚假的父亲。然而，那名传说中的武士，在她心中留下了深刻的印象。

母亲一时不知该说什么，住持看着驾驶座上的母亲，也是一脸困惑。母亲和其他村民大概都没听过这样的要求吧。

"不好意思，那都是很久以前的故事吧。"

"是的，但不是编出来的。"

路上蒙着一层淡淡的薄雾，小卡车在薄雾中缓缓行进。经过的驿站寂静无声，仿佛所有生命都不存在。佐佐木酒铺大门深锁，设有挡雪板的公交车站，也还没发挥该有的作用。白色的薄雾中，武士和他的妻女似乎随时会跨越时空现身。

母女俩在相川桥边下车，雾气自山区涌入谷底扩散，四周冰寒冷冽，未见朝阳。

潮湿的土堤上有一座小祠堂，纯白的山樱罩住了破败的屋顶。

"看吧，夏生。就跟你说是真的。"

母亲说这话时表情很严肃。有人在新兵卫祠供奉野花，还有清水和米饭，看得出来才刚供奉不久。

诚心参拜新兵卫祠，外出远游的子女就不会挨饿受冻。一想到这个传统所言非虚，古贺夏生喃喃地说了一句："对不起。"

古贺夏生表明歉意，对着小祠堂合掌膜拜，母亲并未答话。

"真是太可悲了。我活了六十年，却找不到一件值得相信的事情。"

聊到一个段落，服务生送来小盘的意大利面。

"古贺老师是完美主义者吧？我知道这样擅自下定义，是有些失礼。"

其实古贺夏生也明白，人类的寿命有限，医生不可能凡事都做到完美。明白归明白，她还是一直把尽人事和追求完美画上等号，现在她只觉得自己太愚蠢了。而且，这样的观念不只用于职场，甚至还被她套用在自己的人生中。

"不过，我就是喜欢这样的古贺老师，所以才会念心血管科。"

小山内秀子的自我主张鲜明，为人却谦恭有礼，话也不是特别多。承袭家业的女医生差不多都是那样子。

"你这么说是我的荣幸。我记得，你父亲是消化内科的吧？"

"对，我们只是小镇上的医生，这样反而比较好。"

有消化和心血管医生，就能处理绝大多数的内脏疾病了。如今大医院病患饱和，现行医疗制度也鼓励大众找家庭医生看诊，因此这也算得上理想的经营模式。镇上的小医院尽可能多看一点病患，诊断出重大疾病的患者，再转介给大医院就好。

"完美主义者吗？不过，事到如今也改不了了，在大医院领死薪水的医生，注定要背负这样的宿命吧。"

古贺夏生终于想通小山内秀子刚才那句话是什么意思。

小山内秀子真正想说的是，恩师自愿踏入虚拟的世界，却又无法放手享受那份虚拟的体验，未免太不合理了。

确实，古贺夏生有点向往那个武士的传说，她向往的是伟大的父爱。可是在当下，她又想证明那是虚假的故事。假如新兵卫信仰当真存在，她要老婆婆拿出证据，让她见识一下。

没想到，扮演母亲的老婆婆带她到桥边，那里还真的有一座小祠堂。村民早晚都会去参拜，替那些不回家的儿女祈求平安。

"我只是背负了太多东西，没有心力去相信美好的事物。"

古贺夏生在玻璃窗上，看到学生一脸困扰的表情，显然小山内秀子也不晓得该如何回应才好。夜晚的河川上又有花舟流过，恰似从她心中溢出的花种。

小小的机场设立在田园地带，古贺夏生到了机场后和母亲道别。

"妈，你接送过其他人吗？"

二人坐在候机楼的长椅上，古贺夏生问了母亲这个问题。年纪大的人开车技术当然不会好到哪里，但这一个小时的路程，母亲似乎很熟悉路况。

"关西来的客人，大多是坐飞机来的。搭公交车还要转车很麻烦，搭出租车又很贵。"

古贺夏生有股微微的妒意，她以为自己早已失去那种感情了。

母亲迎接其他客人的时候，是不是会在出口挥手相迎呢？照理说她拿不到客人的照片，应该只能拿着一块板子，写上客人的姓名吧。客人前来相认后，她也会露出菩萨般的慈祥笑容，欢迎他们到来吗？

"妈，你千万不要太勉强自己。"

古贺夏生握住母亲的手，那是经过泥土和太阳淬炼的高贵双手。

"你也一样，不要太勉强自己。"

这句话是真心的吧。想必是亡母的灵魂，透过这个母亲说出来的吧。

准备登机的广播响起了，不少航班都集中在这个时段，有飞往名古屋、札幌、大阪的班机，就是没有飞往东京的，跟新干线抢客人划不来。

"你说研讨会在京都？"

"嗯，抵达伊丹机场后再转搭公交车，很快就到了。"

母亲仰望告示板，发出了轻叹声。

东京、京都、大阪这些地方，大概都不在老人家的地图里吧。

"我也想搭一次飞机，可是感觉怪可怕的。"

母亲害羞地笑了。跟周遭景物相比，她的身材简直跟外星人一样矮小。头上包的头巾，身上穿的务农衣，还有脚上套的小学生运动鞋，看起来倒也相衬。

"好了，我这老太婆也该走啦。"

古贺夏生思考着该怎么道别比较好。直接说再见？还是说承蒙关照？抑或单纯表达感谢就好？好像哪一句都不妥当。

"那我改天再来。"

母亲也握住古贺夏生的手，脸上却没有了笑容："夏生啊，钱要省着点用知道吗？单身女子，只有钱才是你的依靠啊。"

母亲的言外之意是，不要这样浪费钱财。

母亲当然也知道，这趟归乡之旅要价五十万元。对一个在乡村过惯俭朴生活的老人家来说，这肯定是天价。所以，她才会不小心说出真心话。

"妈，这话你不能说。"

古贺夏生伸手想抱住母亲，母亲却站起来避开她的拥抱。母亲的脸上还是没有笑容，或许是发现自己失言，也或许是被古贺夏生气到了。

乡下老人家不像都市人一样，没办法伪装自己。换句话说，这一切等于是让忠厚老实的人撒谎。

"妈。"

古贺夏生再一次呼唤母亲，也再次伸出双手想要拥抱，但母亲摇摇头拒绝了。

"好了，别这样。"

"抱一下就好嘛，妈。"

"我说了，别这样。"

母亲以严厉的口吻责备她。

　　古贺夏生接受完安全检查后，转头望着玻璃门外，母亲就站在送行的人群中。母女俩四目相对，母亲脸上总算多了一点笑容，诚恳的眼神为这虚假的一切道歉。

　　"你大概很难相信有这种事。我也不打算四处张扬，可是又没法憋在心底。秘密这种东西注定藏不住。"

　　二人现在才开始享用冷掉的主菜。

　　"古贺老师，其实这件事也没那么难以置信。总之，就是信用卡公司找上凋敝的偏乡，进行业务合作。两天一夜要价五十万元，当成去高级度假村或入住旅馆的高级套房，倒也不是非常夸张的价格。这构想本身不错。"

　　果断明快地思考是医生的天性，犹豫不决只会让病患不安。

　　小山内秀子的分析应该是正确的。等过几天情绪缓和下来，说不定古贺夏生自己也会得出同样的结论，并诚心赞赏那一套商业行为。

　　"真要说有什么问题的话——"

　　小山内秀子竖起手指说道："信用卡公司也太了解老师的个人信息了。当然，全球顶级的信用卡公司，要收集客户情报肯定易如反掌。只是，把那些情报直接用在商业活动上，不太妥当吧？"

　　这话说得也有道理。然而，古贺夏生缺乏保护个人信息的警惕意识，因为她生长在一个传统又纯朴的年代，缺乏危机意识也无可厚非。

有资格成为高级会员的，应该都是同龄人或更老的一代人。而且会使用归乡服务的，想必都是宅心仁厚的长者。

这样就不难理解，为何信用卡公司甘愿冒着被告的风险，也要讲究服务的精确度。

"是，这种服务精神真了不起。不过，美国不是动辄兴讼的国家吗？"

"我反倒觉得这很有美式作风。比方说，日本的游乐园和迪士尼的风格就不一样。"

小山内秀子没见过东京迪士尼开幕的盛况吧。当年日本自诩为泱泱大国，东京迪士尼开幕却让日本人彻底见识到美国的实力。不只小孩子深受吸引，连大人也趋之若鹜。

"讲究服务的精确度吗？换句话说，他们把娱乐化看得比有无诉讼风险更重要。"

"没错，但也不是单纯讲究娱乐水平。用那么精巧的布局骗得大家心服口服，没有人会抱怨的。"

服务生把餐后甜点送来了。自从习惯服用安眠药入睡以来，古贺夏生晚上不再忌食咖啡因了。

"这件事别告诉任何人。"

"咦？为什么？"

"会寻求乡土的，都是寂寞的人。"

小山内秀子转移视线，凝视着窗外的白川。听到恩师这样讲，当学生的不知道该怎么回答吧。

那张被吊灯照亮的脸庞，正值人生最美丽的季节。

7

忧 郁 星 期 一

松永彻从不觉得假后上班是件痛苦的事情。

没有家累的人周末特别悠闲，偶尔打高尔夫球当消遣，不然就跑去水疗馆放松一下。总之一整天都很清闲，除了读书、看电视，也没其他事情好做。因此，松永彻总是能用一种从容悠然的态度，去面对全新的一周。

年纪大了，早睡早起的情况也越来越多。假日时间多到不晓得要拿来干什么，自然能好整以暇面对星期一。

而且，他住的地方离公司只有十五分钟车程，公司还会派车来接送。每天早上他会精心烹调早餐，全都收拾干净以后，再仔细整理服装仪容，以免别人嘲笑他是邋遢的单身男子。十五分钟后，秘书会在公司门口迎接他。每天过得这么惬意，不可能累到哪里。

曾经的上司都认为松永彻是清廉正直的人。不过，他唯一的挚友秋山光夫说，像他这种人到美国连生活都有困难，根本不可能出人头地。他本人也不否认这样的评价。

松永彻厌倦各式各样的人际交往，包括交新朋友和谈恋爱。所以，大部分的人都不会跟他有太多的交集。

换句话说，这种孤僻的生活方式，在上司眼中反倒成了"清廉正直"的象征。这样的看法肯定是误会，偏偏松永彻工作又非常认真，孤僻的性情也不会拉帮结派，这才是看起来清廉正直的原因吧。

后来公司爆发各种丑闻，经营层被迫换血，"清廉正直"的松永彻正是绝佳人选。

公司创业一百二十多年，是食品加工大厂。母公司员工两千多人，旗下子公司多达七十家，员工总人数超过一万，营业额也逼近一兆元大关。

"社长，请您发表高见。"

耳边传来秘书的低语，松永彻才回过神来。

身为社长，他竟然在星期一的例行晨会上睡着了。

松永彻梦到故乡的秋季美景，但时钟的指针没有移动太多。营业本部长关掉室内灯光展示数据图表，他就在那短短的时间内神游梦乡，与会人士应该都没发现。

关于这次讨论的议题，他上周末已经事先看过资料，也整理出一套自己的见解，不会有任何问题。

半年前他造访陌生的故乡，这半年来每天都在回味那段经历。没有旧地重游不是因为他排不出假，而是随着时间流逝，他的思乡之情越盛，他对这样的自己越感到可悲。

"那么，现在我们有请社长发表高见。"

专务请松永彻发言，会议室的紧张气息也变浓了。

这次的议题是，该不该拉高主力商品的价格。原材料和劳工成本逐渐提高，过去还能用高价的健康食品来填补缺口，但这种方法也走到了极限。

最根本的问题在于人口减少，还有少子老龄化。换句话说，需要张嘴吃饭的人变少了，进食量也变少，已经没有足够的市场规模来支撑高成本。

"谢谢，那容我发表一下意见。"

为什么会这么安静？松永彻心想，这种寂静的孤独可不是他希冀的。他从来没想过，除了人生观和性格以外，原来权威也会带来孤独。

"这个问题搞错先后顺序了吧？"

突然没头没脑地来了这么一句话，底下的人还是没反应。松永彻刻意停顿一会儿，也没有人主动发言。

想必大部分的高层都以为，社长之所以要求他们优化成本，就是要在考虑是否提升主力商品的价格之前，先努力降低成本。

问题是，压缩成本已经到极限了，才会抛出涨价的议题。既然如此，为何没人发表意见呢？

公司的每一项主力商品都是长年热销的产品，就算只调涨十元也会引来媒体关注。涨价将大幅增加收益，其他竞争对手也会跟进调涨价格。

"本部长的说明我十分清楚。我所谓的先后顺序，不是检讨高成本的问题。我的意思是，定价格不是我们该做的事情。"

这话并不好理解，但现场还是一点反应都没有。二十位高层都在等社长的下一句话，就好像小朋友追着球跑一样。或者说得更惨一点，就像死鱼被架在火上烤。

松永彻受够这种孤独了。

"商品价格应该对消费者有利，而不是对我们生产者有利，这是资本市场的大原则。可是，对消费者来说价格是越便宜越好，而他们也未必会提出公正的意见，具体事务中也可能适当反映出这些意见。那么，该如何公正又合理地回应消费者的意见？我认为这是零售业从业者的职责。零售业从业者从厂商进货，再提供给消费者，应该可以找到对双方都有利的方案，定出公正又合理的价格。因此，我的具体提议如下——"

每位高层都在记笔记，生怕漏掉社长说的每一个字。

"各营业区的业务负责人，请让当地超市的采买业务制定价格。每一款主力商品该不该调涨价格？如果该调涨的话，涨多少才合理？请你们先收集数据，跟超市的总店进行交涉。我的方针大致如此，有问题请提出。"

现场还是没人说话，底下的高层真的都听懂了吗？

会议记录只会记到这里。也就是说，会议记录里只会写一些动听的废话。大型超市同意涨价的话，公司愿意调整批发价格作为回报。上架价格的决定权在零售业者手上，但批发价格便宜对大型超市有利。况且，如此一来涨价就有了冠冠堂皇的理由。涨价是为了回应生产成本和零售业者的期望。

喂，你们真的都听懂了吗？

"还有一点请留意，万一我们的主力商品和竞争对手的商品价格涨幅相当，舆论会怀疑我们在联合操纵市场价格。因此，这件事要抓紧办，千万不能张扬，明白吗？"

"明白。"这时，底下人终于异口同声吐出两个字。

最好是真的明白。

松永彻回到社长办公室，茫然眺望着皇居的森林，秘书替他泡了一杯咖啡。

"社长，您的意见很精辟。"

松永彻听到秘书的声音，回头看了一眼。这位叫品川操的女秘书非常能干，是前任社长留给他的优秀人才。做事滴水不漏，几乎没有任何缺失。大约四十岁，正好也是热衷于工作的年纪。这么优秀的人才放在秘书室挺可惜的，但松永彻也舍不得放手。

女秘书很明白自己的职业操守，像今天这样多嘴实属罕见。

"他们都听懂了我的意思吗？"

"是，大家都听懂了。"

"我会不会讲得不够充分？"

"不会，您的解释恰到好处。"

据说，女秘书在美国的相关企业待了很久，员工大部分是当地人，所以她现在日语还是不太流畅，英文倒是说得非常溜。

"社长，您最近是不是有点累？"

松永彻走向办公桌，回避秘书的视线。刚才开会的时候，品川操一直待在社长身后，应该发现了社长打盹。

秘书时时刻刻都在观察老板的健康和精神状态，尤其是她的老板缺乏家人关怀。

"也不是累，有时候会犯困罢了。大家不是都说，老人家容易打盹吗？"

"那我先不打扰了。"

品川操再次观察社长的表情，离开了社长室。

社长室和秘书科只隔了一扇门，品川操的办公桌就在门外。换句话说，这位秘书是随叫随到。

松永彻开会她一定陪同出席，出差也是随同在侧，参加宴会也待在随叫随到的位置。只要跟社长业务有关的事情，她都知之甚详，甚至不用看笔记就回答得出来。

如此认真敬业的人，会关心老板健康也是理所当然的。撇开这点不说，她一定也是眼观六路、耳听八方，以此多了解松永彻的信息。

松永彻怀疑过，品川操是不是知道他使用了归乡服务。

他不太会用电脑，所有电子邮件都是通过品川操的信箱收发。他叮嘱过信用卡公司的客服尽量用电话联络。手机打不通的话，客服有可能会联络公司。从这个角度来想，也许使用归乡服务一事，早就被品川操知道了。

这不是经营者该做的事。纯粹是无依无靠的老人，追求着不存在的故土，向一个根本不存在的母亲寻求慰藉。

松永彻转过椅子，俯视窗外楼下嫩芽初绽的草木。从那一天起，都市的绿地对他来说再也算不上自然景观了，怎么看都像是用塑料做成的假花假树，而被迫居住在都市的人群，感觉都是无能又愚蠢的存在，看了令人火大。

松永彻心血来潮拿起手机。

"您好，这里是联合信用卡高级会员客服，敝姓吉野。不好意思，麻烦您输入手边信用卡的卡号。请开始输入。"

接下来的程序很麻烦，松永彻戴上老花眼镜，按下十五位数的信用卡号。用电脑输入就不会这么麻烦了。

"啊，吉野小姐，好久没联络了。"

"松永彻先生，您好。非常抱歉，麻烦您报上出生年月日，我们必须核对是不是您本人来电。"

客服绝对不会疏忽这道程序。

"多谢您的配合，请问您有什么需求？"

"我想预约服务。"

"请问您要预约什么服务？"

松永彻先确定没有人偷听，接着压低音量，表明自己要预约归乡服务。

高级会员提出的要求，绝不会被转接到其他窗口。松永彻的电话一定都是吉野这位客服单独处理的。

"明白了，原则上您的乡土和接待家长是无法变更的，所以这次使用的场景，跟您去年十一月七日、八日使用的场景一样，没问题吧？"

"当然没问题。我对其他场景多少也有点兴趣，但不可能有更好的了吧。"

松永彻用谈公事的口吻。原则上说，一个人不会拥有两个故乡和两个母亲，这是基本的伦理常识。可是，扯上这种情绪会让他觉得自己很可悲，所以只好以这种口吻来回答。

"松永彻先生，不好意思，我们得先确认乡土那边的状况，可否请您告知一下您想预约的时间？"

这种顾虑也有道理，那位老婆婆八十六岁高龄了。不对，已经过了半年，现在是八十七岁吧？其他临时演员也有自己的生活。

松永彻翻阅桌上的行程表，六月第三周和第四周的周末不用打高尔夫，他把这两个时间告诉客服。

"明白了，松永彻先生。那么，我大约三十分钟后回电给您。"

"啊，麻烦你打这个手机。如果我没接，之后会找时间回电给你。"

"好的，那就麻烦您稍待片刻了。我是高级会员客服，敝姓吉野，很高兴为您服务。"

挂断电话后，松永彻开始思考一件事。信用卡公司要确认的，不单是村民和那位老婆婆方便与否，还要看有没有其他人预约同一时段。

这个时代有太多身心俱疲的人，想去那里找不存在的故乡，向不存在的母亲寻求慰藉。

松永彻有些讶异，他竟然没想到这么显而易见的事情，还以为自己是唯一的客人。

天边飘来云彩，罩住了高层大楼的窗景。故乡那里应该也进入雨季了。

8

青 梅 雨

来到驹贺野车站的访客，在站前圆环等公交车时，突然想到"青梅雨"这个俳句用语。

她想不起哪一首俳句中有青梅雨，印象中自己也从来没在课上讲过"青梅雨"。以前好像读过同名的短篇小说，但作者和小说内容都忘光了。

造景的绣球花饱含雨水，花蕊垂得低低的。路上的水洼荡起波纹，整片景致有一种烟雨朦胧的美感。

都市的雨势令人不耐，但乡下的雨水反而给人神清气爽的感觉。用二分法来看的话，这里的花草树木远比人类营生的迹象来得多，翠绿的大地饱受欢庆雨水的滋润，所以才给人清爽自在的感觉吧。

小林雅美决定查一下，看看有哪首俳句提到青梅雨，下周拿来授课。

雨天让人忧郁，但花草树木获得雨水滋润，绽放苍翠的生命力。因此，古人才把这种景象称为青梅雨——

思考上课时该用什么口吻，是小林雅美长年来的习惯。

平常她看起来无所事事的时候，大多都在默念上课的内容。

思前想后，小林雅美还是决定作罢。那些高中生的年纪都能当她孙子了，在他们眼里，这种授课内容太老气了。

公交车站搭设了塑料屋顶，她坐在长椅上望着雨中的站前光景，完全没有想读书或看手机的念头。

细雨绵绵的景象没有持续下去。每当山风吹来，四周的景致就会产生变化。

大哥在等公交车的时候，也是这样凝视着静谧的站前光景吗？大哥说他是在十二月造访，当时天上下的应该是雪花，而不是雨水吧。想必大哥也被这片平淡无奇的自然风景深深吸引了。

公交车比预定时间晚了一点到。

"请问到相川桥吗？"

总觉得司机在答话之前端详了她一会儿。大部分的乘客都是熟面孔，因此司机看到这位陌生人，可能在猜测是不是归乡服务的客人吧。小林雅美心想，这应该不是自己多心。

公交车只载她一个人就出发了。今天是周末，一路上却看不到其他观光客。车子一下就开过渺无人烟的市区，来到一大片田园地带，景色完全符合青梅雨这种风雅的古语。稻米、蔬菜、山林都在欢庆天降甘霖。

小林雅美靠在窗边，想象着大哥是抱着何种心情眺望这片陌生的乡土。大哥为人乐天开朗，身边也有不少朋友，像他那样的人并不适合做这种事。不过，半年前的冬天，大哥独自坐上这辆巴士回归"故里"。

光想想就好心痛，小林雅美把额头靠在窗户上。

去年年底她去寺庙扫墓的时候，住持谈起了出人意料的话题，大哥竟然想把室田家的坟墓迁往岩手县。

小林雅美当然不晓得这件事。室田家在岩手又没有亲戚或旧识，因此她这个当妹妹的，怀疑大哥出差时养了小三，还打算把祖坟搬到温柔乡。

外遇迁坟固然令人火大，但至少比那莫名其妙的归乡服务好多了。

丈夫一点也不关心这件事，他说："老婆啊，这件事我们没资格多说什么。大哥想那样做的话，就顺他的意吧。当然，除非你跟他老婆一样，打着未来要抛弃我的主意，那就另当别论了。"

果然是数学老师会讲的话，丈夫生性严谨自制，思考方式一向合乎逻辑，却不顾人情义理。

丈夫教完这学期就到退休年限了。私立高中和补习班邀请他去教书，目前他还没打算接受那些邀约。

退休金大约两千四百万元，夫妻俩的财产是分开的，小林雅美不知道丈夫到底有多少存款。但丈夫烟酒不沾，连看书都去图书馆借，应该存了不少吧。更重要的是，做了三十八年的公务员，退休后还有充裕的年金。

丈夫从不让人操心，但也实在是个无趣的人。尤其这几年，这种倾向更加明显。他把自己余生的幸福换算成明确的数值，开始过着守成稳重的生活。

小林雅美清楚丈夫的脾性，因此当她听到丈夫冷淡又合理的回应时，她真的打算两年后抛弃这个人。毕竟两人的退休金和年金都差不多，存款应该也大同小异，房子也是共同持有。跟室田家相比，真要离婚反而更容易处理。

"反正那也不是什么邪教，你非要求个安心的话，那就去看看吧。只是，两天一夜要价五十万元，太浪费了。"

"真不巧，当老师的没黑卡可用，连浪费的机会都没有。"

小林雅美说这句话，其实是想挫一下丈夫的傲气。

"都已经退休了，怎么不反思一下自己该用哪种信用卡呢？也罢，这也蛮像你大哥会做的事。"

小林雅美知道丈夫看不起自己的大哥。他们通常只在新年或婚丧喜庆的场合碰面，因此过了这么多年还是一样生疏。

大哥的个性没什么问题，可能丈夫对大哥的成就感到自卑吧。或者，丈夫对教员这份职业特别自豪。

可是，现在是非常时期，稍不留神，妻子的娘家就要断送在这一代了。当丈夫的不该靠在瑜伽棒上面，一副事不关己的态度吧？

两年后抛弃这家伙吧，到时候回老家照顾愣头愣脑的大哥，守住室田家的祖坟。与其把自己的余生奉献给一个庸才，还不如这样做更有意义。

回忆得太多，小林雅美有点疲倦了。

她抬头看了路线图一眼，相川桥还有很长一段距离。在温润的湿气拥抱下，稍微打个盹也不赖。

公交车开到没人的站台，也会停下来稍待片刻。

小林雅美这趟心血来潮的旅行，不是要体验昂贵的归乡服务。也许信用卡公司提供的归乡服务值得信赖，但迁葬之举还是令人费解。小林雅美猜想，大哥非常喜欢归乡服务，只是年纪大了也没打算移居，至少想在自己喜欢的地方长眠。

丈夫说得也没错，一个嫁出去的妹妹不该管这件事。现在室田家只剩大哥一人，女儿都已嫁人，老婆也跑了，只有大哥有资格为自己做决定。

纵是如此，小林雅美也不希望大哥自作主张。祭拜多年的家族墓地就这么没了，岂不令人感伤？而且，大哥非要在他这一代断送室田家，做妹妹的看了也很难过。

雨势不断，浩瀚苍穹蒙上一层灰色的云彩，地上的草木反倒更添青翠碧绿。车子开过了几个小聚落，却看不到人影。

四周有不少荒废的田地，不晓得是休耕时期还是人手不足。地里也有白鹭群聚，欢庆着雨水的恩泽。

公交车一路开过茂密的树林，行经湖泊和山丘。小林雅美在浅眠的梦境中，看到了父母的身影。

父母并肩坐在前一排座位，看起来没有很老，是他们刚退休经常去旅行时的模样。当年他们的儿子娶了媳妇，不久后女儿也找到归宿，老人家身子还很硬朗，还有体力含饴弄孙。那是父母人生中最幸福的时光。

父亲退休以后，个性变得极为柔和。整天念叨着他的母亲，也变宽容了。

他们就是旧时代典型的老实夫妇。小林雅美感慨的是，自己和大哥都没有学到父母的好品质。

一辈子辛苦工作，为生活忍让，只要人生最后十五年过得幸福，一切的苦都是值得的。现在想想，父母这种生活哲学太明智了。

父母的梦境消失了。也许擦掉玻璃窗上的水汽，回头看着烟雨蒙蒙的道路，会看到两位老人家撑伞共行吧。

"客人，相川桥到了。"

听到司机温言提醒，小林雅美才算真的清醒。

"啊，谢谢，我要下车。"

小林雅美赶紧起身支付车费："不好意思，我不小心睡着了。"

"别介意。"

司机也好言相对："不巧现在天雨路滑，客人您走路小心啊。"

这司机讲话真是风雅有礼，他大概真的以为小林雅美是归乡服务的客人吧。

"哎呀，原来您还有伴？"

小林雅美疑惑地看着车内。

"不是，您看那里。"

小林雅美看到的不是父母的幻影。司机打开雨刷清洁挡风玻璃，只见一辆出租车停在前面的桥边。一位西装革履的男子付完车费，撑着雨伞下车。

"呃，我跟他不是一起的。"

"哦，这样，那可难办了。"

小林雅美不懂这句话是什么意思，但司机的表情透露出大事不妙的紧张感。

换句话说，如果只是夫妻中的一方没赶上列车，相约在当地碰头，并没什么关系。司机担心的是两位访客撞期，那句"难办了"听起来相当急切。

"我是来扫墓的，请问慈恩院在哪里？"

司机看起来似乎放心了，准确地说，她是来造访慈恩院，不是来"扫墓"的。

"原来是扫墓，劳您驾。您稍微往回走一段，慈恩院就在左手边。其实您事先吩咐，我可以在那里停车。"

小林雅美一下公交车，就闻到浓郁的山林气息。一旁有漆成白色的小屋充当候车亭，这座村子冬天会被大雪覆盖吧。来到这里，她再次设身处地想起大哥的际遇。

大哥这么做有他的一番道理，他同时失去了工作和家庭，难以弥补内心的空虚。上年纪的人碰到这种双重打击，就算酗酒或自暴自弃都不奇怪，想不开自杀的也大有人在。而大哥花五十万元买一场美梦，不愧是见多识广的企业栋梁。

阴雨中隐约可见寺庙的屋顶。路旁有几栋老旧的双层民宅，看不出有人居住的气息。

"哟呵。"

耳边传来奇怪的吆喝声。公交车已然远去，马路对面有一家门户半掩的小商铺。颇有岁月痕迹的广告牌很气派，甚至跟周遭环境有些格格不入，上头写着"佐佐木酒铺"。

昏暗的店内，一位妇女抱着酒瓶愣在原地。刚才走下出租车的绅士，也在店门口回过头来。

这下麻烦了，得解开撞期的误会才行。

小林雅美不晓得慈恩院是否可靠，因此也没事先准备伴手礼。不过，光看村庄纯朴宁静的气氛，慈恩院应该不会是什么邪教组织，更不会强卖墓地给老人家。

小林雅美移开雨伞，向二人低头致意，酒铺老板娘和那位绅士同样点头行礼。

"您好，我是来扫墓的，只是我忘记带供品了。"

小林雅美穿过马路，表明来意。两个人也跟司机一样，稍微松了一口气。

扫墓真是好用的借口，不算是说谎，却能轻易解除误会。

"哦，下雨天还特地跑来，辛苦啦。我在这一带没见过您，请问您打哪儿来？"

店内的妇人还没有完全放心。

"我从东京来的。"

"特地从东京来扫墓。"

妇人的语气更接近困惑，而不是怀疑。想必这村落平常都没外人造访吧。

大哥提到的乡土古厝和那位扮演母亲的老人家，小林雅美都不感兴趣。她纯粹是想确认一下，室田家的墓可能会迁到什么样的寺庙。

"请问这边卖啤酒吗？"小林雅美话一说完，才想起有其他客人先到，"啊，对不起，我没有插队的意思。"

"没关系，你先请，我不急。"

那是位身材高挑、茂密银发的绅士，怎么看都不像这座村子的人。

"我也不急，你先请。"

小林雅美先离开酒铺，拿出手机假装阅读短信，实则竖起耳朵偷听二人谈话。

"我们也没遇过一次来好几位客人，所以有些意外。小彻啊，好久不见。去年秋天你来的时候我正好不在，没能见你一面。"

哦？看来这位绅士就是归乡服务的客人。

小林雅美将手机放在耳边，利用镜面窥探店内。

"这瓶酒很适合一家人共饮，你拿去，当我们佐佐木酒铺的一点心意。"

"哎呀，这怎么好意思，请收下这些钱吧。"

"不用啦，小彻。你这是要拿去祭拜父亲的吧？伯父以前也很关照我。"

妇人动作很利落，一下子就用布巾包好了酒瓶。

"我来你店里，怎么好意思占你便宜。"

"别这么说，是我叫住你的。"

小林雅美屏住气息，内心多了一个疑问。酒铺老板娘态度很亲切，但客人有些手足无措，这种不自然的感觉是什么？

假设绅士真的是归乡服务的旅客，而妇人是接待的工作人员，这种互动方式是正常的吗？应该不是吧？

小林雅美没有详细打听归乡服务的内容。当时她一听到迁葬的话题就火了，再加上大哥又是不善言辞的人。不，最主要的原因是，她不想听到失意的大哥说出那些丧气话来。早知如此真该问清楚，大哥去年年底在这座村子到底经历了什么。

"那我就恭敬不如从命了。"

用布巾包好的酒瓶可以直接提走。绅士收下酒瓶后，将酒瓶提到面前端详了一会儿："对了，以前酒都是这样卖的。哪像现在都放箱子和塑料袋里，怪没情调的。东京也看不到老酒铺了。"

"原来你们东京那边没有老酒铺了。像我们这乡下地方，其他店家都关门了，就只剩酒铺还留下来。除了喝酒以外，穷乡僻壤也没啥好消遣的。"

酒铺老板娘豪爽地笑了。

"我还有一个不情之请，请问这里卖下酒菜吗？"

"下酒菜？伯母不是很擅长下厨吗？"

"有些东西我想让母亲尝一尝。"

"要给伯母的？"

"是啊。"

货架上的商品不多，绅士从中挑了几个料理包，再从冰库中拿出冷冻食品。

这画面挺有趣的。小林雅美收起手机，走进酒铺内。

老板娘愣住了，归乡服务的客人居然做出了出乎意料的举动。

"这些我跟你买。"

"咦？啊，不用啦，你拿去就好。"

"这可不行。不瞒你说，这些都是我公司的产品。要拿给母亲品尝的东西，总不能让一家小店白给。"

老板娘讶异地看着那位绅士，还戴起老花眼镜端详商品，感触良多地说："小彻啊，看来你真的在东京出人头地了，伯母真好命。"

小林雅美是越看越糊涂了。这些对话和互动，真的就像她看到的那样真诚吗？还是这一切都是演出来的？姑且不论真假，至少她的心确实被打动了。

"我母亲算好命吗？不，我没有尽到该尽的孝道。"

半年前雪花纷飞的日子，大哥也来过这家酒铺吗？大哥不是细心的人，出外拜访也不会准备伴手礼。不过，假如老板娘真的是归乡服务的工作人员，那么按照情节安排，大哥是久未归乡的游子，她应该也会叫住大哥吧。

一想到这里，小林雅美把绅士看成自己的大哥，情绪顿时涌上心头，忍不住抬头仰望阴雨绵绵的天空。

大哥尽了为人子女该尽的孝道，可惜却走上父母不乐见的人生结局，他是不是觉得对不起父母，所以才想把室田家的墓迁到陌生之地呢？

"不好意思让你久等了。你要拿去祭拜用的东西，这些够吗？"

老板娘备好了一些啤酒，她应该很清楚这里的住持和居民喜欢什么酒吧？

"嗯，这样就够了。"

"需要祭祀用的表文吗？扫墓献上供品，总会用到吧？"

想太多也没意义。小林雅美虽然不是真的要扫墓，但终究是去寺庙拜访，供奉神佛庄严一点也是应该。

"不过，这些酒你一个人拿挺重的吧？还下着雨呢。"

"反正也不远。"

"不然我帮你包一下，免得淋到雨。"

这时候绅士也开口了："我是很想帮忙，只可惜身上东西也不少。那老板娘，多谢您的美意了。"

"哪里。小彻，帮我跟伯母问好。"

绅士肩上的包不大，一看就是两天一夜所需的行囊。他提着包好的酒瓶和塑料袋，离开酒铺。

绅士在屋檐下打开雨伞的时候，刚好和小林雅美对上眼。就那一瞬间的眼神接触，她笃定绅士就是归乡服务的客人。对方也在怀疑是不是与其他客人撞期。

"那我先失陪了。"

绅士以低沉的嗓音打了声招呼，接着低头行礼，走入雨中的道路。

"那位客人是这里的人吗？"

小林雅美想从老板娘口中问清几个问题。

"哦，是啊。"

老板娘似乎不太想回答。

"那位客人的母亲，年纪应该很大了吧？"

"嗯，松永千代婆婆已经八十七岁了。啊，对了，请问你贵姓？"

老板娘拿出了供奉的表文卡，准备在上面写下客人的姓名。

"我姓小林。啊，不好意思，容我改一下。"

小林雅美此番前来，主要跟室田家迁葬有关。因此，她是以室田家女儿的身份来的。

"我姓室田。宝盖头的那个室，室田。"

老板娘字写到一半停了下来："哦，你姓室田啊？"

小林雅美总算想通了。即将迎接那位绅士的松永千代女士，也叫室田千代。不对，迎接不同客人就改用不同的姓氏，简直是超级老妈。而这位佐佐木酒铺的老板娘，算是这片虚拟故乡的向导吧。

"这样写好吗？"

老板娘写得一手好字。

"这样很好。不好意思，给你添麻烦了。"

老板娘怎么看都不像信用卡公司雇用的临时演员。那黝黑的肌肤和干燥的头发，一看就是在山间聚落生活的人。

"客人啊——"老板娘低着头小声地说，"慈恩院的住持是个正直的好人，请不要责怪他。"

听到老板娘这句话，小林雅美对自己莽撞地跑来这里感到非常羞愧。

"佐佐木女士——"

老板娘还是没有抬起头，想必她也是个正直的好人。

"我绝不会给你们添麻烦的。只是我大哥想把东京的家族墓地迁来这里，我有点意外。我知道嫁出去的女儿不该说三道四，但我很想知道这里是怎样的地方。是我太莽撞了，真的很对不起。"

老实说，小林雅美甚至想说出大哥如此想不开的原因。

"客人啊，还请你千万别跑去千代婆婆家。"

"我答应你，绝不会去她家。"

今天老婆婆的身份是松永千代，不是室田千代，小林雅美当然不可能过去。

小林雅美坚持付完账，离开酒铺以后，在蒙蒙细雨中仍看得到绅士的背影。

那位绅士应该六十好几了，一定是社长级的大人物。而且是在知名的大企业高就，几乎每个家庭的冰箱里都有他们的产品。

小林雅美抱着供品，一路上想象着松永绅士的人生经历。

来到通往山门的石阶，小林雅美犹豫了。

雨滴打在雨伞上的声音，仿佛在质问她所为何来。然而，都已经来到这里了，也不可能空手而归。

这座寺庙外围有老旧的围墙，石阶上也有厚厚的青苔，大概很少人造访吧。室田家长年参拜的也是同宗派的寺庙，但东京的寺庙和这间寺庙大异其趣。

小林雅美下定决心拾级而上，经过一番自省后，她终于想明白了自己来这里的意义。她不是要跟大哥的决心唱反调，了解大哥的苦恼才是此行真正的目的。

穿过山门，想不到境内有一座宽敞的庭园。花草树木都经过细心打理，庭园本身的布置也很简朴，多一分或少一分都会破坏恰到好处的美感。

石板地一路通往大殿，上方有恢宏的屋顶，一旁的伙房还有精美的博风板。光看讲究的建筑造型，肯定是历史悠久。换句话说，已经荒废的偏乡也曾经热闹过，才会有这样气派的寺庙。

小林雅美站在伙房的玄关前，犹豫着该不该进去。入口处有三口炉灶，其中一口炉灶已有火光。里面是那种古早时代的厨房，没有燃气炉和水龙头。木板地像上过漆一样光亮，高耸的天花板上还专门开了一个排烟孔，阳光透入排烟孔，带来平静和煦的感觉。

"不好意思，请问有人在吗？"

　　小林雅美着迷地欣赏厨房的光景，欣赏够了才对着屋内喊人。她发出的声音不小，但没有人答话。

　　"不好意思，请问有人在吗？"

　　她把双手拢在嘴边又喊了一次，过了一会儿才听到男子回话的声音，就好像山谷传来回音一样。不久后，如暗渠般阴暗的走廊中，出现了一位清瘦的老和尚。

　　"请问您是？"

　　佐佐木酒铺应该事先知会了这位和尚才对。小林雅美认定老和尚知情，缓缓走近对方。

　　住持轻甩衣袖，展现出庄重相迎的态度。他年纪虽大，身姿却相当挺拔，颇有禅僧的风骨。东京那间相同宗派寺庙的住持，跟这位相比可差多了。小林雅美很后悔挑选了啤酒当供品，对自己的思虑不周感到惭愧。

　　"冒昧打扰，实在抱歉。"

　　小林雅美递出名片。

　　"原来是小林女士 —— 哦，您是位高中老师。"

　　住持戴着老花眼镜，依旧把名片拿得很远。

　　"我的旧姓是室田，前阵子家兄承蒙您关照了。"

　　小林雅美以为这样说明就够了。不料，住持只是保持庄严的姿势合掌跪坐，彼此的距离并未消失。

　　"我不是要来抱怨什么的，可否拨冗一谈？"

　　住持凝视着小林雅美的脸庞，花白的长眉毛几乎要盖住眼睛。

"下雨天您还不辞辛劳造访本寺，在下当然无有不从，请您进来吧。"

小林雅美怯生生地递出供品："抱歉，来的路上没准备好供品，这是临时买的。"

住持露出尴尬的笑容，收下了啤酒："请别介意，您买酒对下边的酒铺也是件好事。不然我们这里都是老人家，也喝不了太多酒。"

小林雅美不认为这样的老和尚会有恶意。大概是信用卡公司提出振兴村落的方案，他只是贡献一己之力吧。

小林雅美脱下鞋子后才发现自己失态，湿掉的丝袜弄脏了地板。

"请不用放在心上。禅寺从以前就是光着脚走，也没人穿拖鞋的。打扫也是我们禅僧的主要工作，您随意就好。"

住持再次双手合十，从地板上站了起来。和尚的生活中没有柔软舒适的椅子或床铺，所以下盘很坚实吧。

伙房没有其他人的气息，小林雅美踮着脚尖在走廊中行进。

"我小的时候，这间寺庙还有小和尚呢。"

老和尚的乡音很重，奇怪的是听起来并不难懂，想必是说出口的每句话都真心诚意的关系吧。

"我们就住在伙房里，做完早课就去学校上学。有些农民养不起小孩子，就丢到寺庙来当和尚。大家都梦想着以后高中毕业，要去仙台、盛冈、东京念大学。"

"现在就您一个人吗？"

小林雅美随口一问，却换来了悲伤的答案。

"是啊，三年前我老婆去世了。我们育有一子，但他去了东京就没回来过了。"

这座村子的结局已经注定。小林雅美不知该如何答话，也不敢再随便问什么。

二人经过伙房的和室，看得出有生活起居的痕迹。老和尚要一个人打理偌大的寺庙，没太多心思整理起居的地方吧。

穿过伙房走上阶梯，二人来到正殿的檐廊，山风正好迎面而来。

"请。"

正殿里有大量的幡和佛具，装饰得相当华美。小林雅美在佛像前正襟危坐，合掌膜拜，为自己冒昧叨扰致歉。

"后方还有安放牌位的地方和禅堂。"

住持双手合十，抬头仰望着金箔脱落的佛像。正殿看上去比外观还要狭窄，小林雅美感到坐立难安。

"一直到十多年前，县立高中的剑道社和柔道社，还会来这里留宿参禅。可惜，现在的老师不重视精神教育，没再带人过来了。村子荒废成这副样子，我们自顾不暇，也不好意思请人家来。"

小林雅美年轻的时候，确实有些教育方针较为保守的老师。当然，她在东京没见过那样的教职员，但校风纯朴的乡下高中，带运动社团的学生去参禅也不足为奇。姑且不论参禅是好是坏，至少住持说得没错，现在的老师已经不注重身心修养，只会照本宣科，仰赖各种教范和数据。小林雅美自己就是典型的例子。

住持突然跪地伏首，小林雅美起先以为那是什么参拜的礼法，但事实不然。住持转身面对小林雅美，立刻低下头来，额头几乎要碰到地板。

"真的非常对不起，我从来没想过要怂恿您的家人迁坟。不过，我一个外人确实佯装成熟人欺骗令兄，真是愧为佛门弟子。"

"请别这么说，我来这里不是要责怪谁的。家兄也有他自己的难处。"

"是，每个人都有自己的难处，但我终究欺骗了令兄。"

"不是的，没这回事。家兄是自愿来求一段虚假的回忆，你们纯粹是满足他的要求。从法律和道德上来看，这都是正当的商业行为。可是，家兄喜欢这块地方，甚至想迁葬祖坟，这又是另外一回事了。所以，我只是想来了解一下，请您抬起头来。"

就在这时候，外头传来一名男子慌张呼喊住持的声音。住持起身打开拉门，只见一道人影穿过山门跑来，手上也没撑雨伞。

"慌慌张张的什么事啊，阿宽？"

"酒铺的跟我联络了，她只发短信没打电话，所以我刚才没注意到。和尚啊，你这边不要紧吧？"

住持压低音量回话："放心，我没事。倒是你这么紧张，会吓到令尊吧？"

"我没跟爸说，他不知情。"

小林雅美靠近门口偷听。和尚刻意放低音量，但还是听得很清楚。

"那你老婆呢？"

"她去养鱼场了。"

"这样啊，那就别张扬了。"

语毕，住持打开整扇拉门。他先干咳一声后，向男子介绍小林雅美："去年年底，有位室田先生造访不是吗？这是他的妹妹。小林女士，这位是本寺的信众佐藤宽治先生。"

男子大约四十来岁，还是精力旺盛的年纪，肯定是支撑满村老弱的顶梁柱。

佐藤宽治在大殿的台阶上坐了下来，伸长脖子问了一声好。

小林雅美不知如何接话，便直接说出内心所想："今天有其他客人造访吧。"

佐藤宽治一听，怯生生地缩起脖子，看上去也是敦厚的老实人。

"我另有要事才来这座寺庙拜访的，请别担心。"

据说，东京人讲话有种咄咄逼人的感觉。当然，从小生长在东京的小林雅美，自己感觉不到。

"室田先生打算把东京的祖坟迁来这里，所以他妹妹才来了解一下。唉，当初他确实提过这件事，我以为他只是说说而已。"

住持简单扼要说明小林雅美的来意。

"原来他不是说说而已？祖坟迁来这里很远啊，要来扫墓也不容易吧？"

佐藤宽治也严肃起来。大都市的人并不热衷祭祀活动，尤其住在公寓的人，用火时需要特别谨慎，不少人干脆省下各种法会。近年来，有的家庭也不建坟，亲人死后就直接把骨灰撒在大海或山林中。

"还好，其实也没有很远。"

小林雅美说出感想，才发觉这应该是东京人特有的距离感。

实际造访这处偏乡，确实没有想象中的遥远。可是，对村落里的人来说，东京一定是很遥远的存在。觉得来这里没多远，纯粹是东京人自以为是罢了。

住持老迈的双眸，凝望着阴雨不断的天空："我也没想到东京的贵客，会想把祖坟迁来这里，所以才说了一些浑话。这位客人，还请您务必与令兄好好参详参详。"

这座寺庙未来没有人继承。住持刚才也说，儿子去东京就不肯回来了。这中间的原委外人不得而知，总之东京这个黑洞吞噬了寺庙的继承人。那块狭窄的土地上已经容纳了一千四百万人，但东京依旧贪得无厌。在那种充满压力的环境中生活，怎么会幸福呢？

比方说，同样一场雨下在东京，只给人郁闷的感觉；下在这块宝地却清爽无比，甚至让人联想到"青梅雨"这么优美的古语。

"请问墓地在哪里？"

迁不迁坟还要跟大哥商量才行，但人都来了，总要看一眼墓地再走。小林雅美想知道，大哥为何喜欢这座寺庙的墓地。

"您顺着檐廊走到后边，就看得到墓地了，而且不会被雨淋湿。请您自便，我去替您泡一盅茶。"

"那我去看看，您不用费心招待，没关系。"

住持大概也不好意思跟去吧。参与归乡服务且不算什么，但提供客人未来的墓地，可能他自己也觉得太过了。

"那我也走啦。和尚，有什么事情再跟我联络。"

佐藤宽治也离开了，似乎不想跟来客有过多的瓜葛。

小林雅美思考着，自己是不是给这些善良的人添麻烦了？她顺着檐廊一直走，疑惑的心情渐渐化为恐慌。这里有善良的村民和美丽的自然，而自己竟然猜忌这个至善至美的地方，小林雅美对自己的本性起了疑虑。

恐怕大哥也有类似的感慨吧？竟然想用金钱买一段至善至美的体验，他一定也对自己的作为充满疑虑。

四周传来鸟儿啁啾的声音，雨势小了，余下的恩泽自屋顶滑落。

小林雅美忍不住发出感动的赞叹。

围篱后方，有一片经过春雨洗涤的清静墓地。看得出来历代的住持和信众，很努力维持着墓地庄严清圣的气息。

墓地背后是绵长的山麓，过去栽种的杉木林无人开垦，已化为大自然的一部分。仔细看，山麓上还有各种阔叶树，想必秋季会交织成一幅锦绣般的美景吧。

寺庙旁的小径再往上走一段距离，有一座顶着茅草屋顶的古厝。小林雅美闻到空气中飘散着烹煮食物的醇香气味。

难不成，古厝就是客人寻求的"故乡"？

也难怪住持和另一位村民，不愿跟小林雅美一起来檐廊看墓地。因为站在这里，会看到这座虚构的舞台。

大哥踩着白雪走上坡道的情景，她宛如亲眼所见。失去生存意义的大哥，究竟是抱着怎样的心情追寻虚构的故乡呢？那位扮演母亲的老婆婆，又露出了怎样的笑容相迎？

山间透出微弱的阳光，在烟雾缭绕的古厝屋顶上，洒下几许淡淡的光纹。

小林雅美起心动念，拿出包中的手机。接下来她要做的事并不可取，但她一点也不犹豫。

"您好，这里是联合信用卡高级会员客服，敝姓吉野。不好意思，麻烦您输入手边的信用卡卡号。请开始输入。"

小林雅美按下大哥告诉她的卡号。大哥还说，这些验证手续很麻烦。

"室田精一先生，您好。请问是您本人吗？"

"不，不是，我是他的家人。"

女客服并未通融："您好，真的非常抱歉。依照我们俱乐部的规定，非会员打来的电话是不能受理的，还望您见谅。"

刚下完一场雨的山村，天上架起了一道彩虹桥。

"等一下，请先别挂断。"

小林雅美仰望天空，就像在挽留天使一般，请对方暂待片刻。

"谢谢你们拯救了我大哥。"

9
—
萤 火

"我回来了。"来到古厝的玄关前，松永彻对着门内大喊。

"你回来啦。"门内传来尾音轻扬的答话声。

玄关有一扇双开式的大门，底下还有粗厚的门槛，这种设计其实称不上玄关。过去这是给人和马匹出入的，所以只考虑到高度和宽度，缺乏精美的设计考量。

松永彻收起雨伞，出神地望着这座古厝。从茅草屋顶滑落的雨水，如同宝石般晶莹剔透。

母亲缩着身子，坐在阴暗的木板地上。她没起身相迎，表情还有些落寞。

"妈，你怎么了？"

"没什么。最近一直下雨，浑身都在痛，我也上了年纪。"

母亲发出吃喝声撑起身子，带着满面笑容迎接松永彻。

"回来就好，终于把你盼来了。这段时间都没回家，我可担心呢，生怕你是不是哪里不舒服。"

松永彻放下行李，关心母亲娇小的身躯："别担心，我只是有点忙。倒是妈，你身子不要紧吧？"

母亲点点头，靠在松永彻的怀里。

这位老婆婆真是不可思议的人。明明这一切都是虚构的，她扮演的母亲却给人一种真心诚意的感觉，丝毫感受不到半年没见的生疏。

"小彻啊，你吃过饭了吗？"

"嗯，我在驹贺野车站前吃过了。"

"什么嘛，原来你吃过了，亏我准备了杂烩面疙瘩。"

使用归乡服务必须遵守几项规定。其中一项规定是，没有经过客服的同意，不得直接联络当地家长。当然，松永彻不知道老婆婆的电话，想联络也没办法。

所以，这些平凡无奇的对话和互动，对当事人来说倒也妙趣横生。

"刚好有一家充满怀旧气氛的咖啡厅，本来只是想去喝杯咖啡，没想到连饭都吃了。"

"你说的站前咖啡厅，是猎户座吧？"

"对，那边卖套餐，我还犹豫吃蛋包饭还是意大利面呢。"

"你这孩子也真怪，那种菜色在东京随时都吃得到吧？"

母亲抱住松永彻的腰，慈祥地仰望着他。

"东京已经没有那种咖啡厅了。现在的咖啡厅都很时髦，待起来挺不自在的。蛋包饭和意大利面，也少有机会吃了。"

母亲的表情沉了下来："既然这样，杂烩面疙瘩也不合你胃口了吧？"

"没这回事。"

更多的心里话松永彻没有说出口，而是把母亲包着头巾的小脑袋，直接拥入怀里。

不是合不合胃口的问题，他只是想找到已经丧失的回忆。曾几何时，陪伴自己长大的东西统统不见了。生活在大都市，就是要忍受一连串的失去，连怀旧都不被允许。

"妈，你肚子饿了吗？"

母亲点了点头。

"好，那杂烩面疙瘩我晚点享用，午饭我来做给你吃吧。"

"不行，这可使不得，男人怎么能下厨？"

"没关系，可别小看单身男子的家务本领。"

松永彻一把抱起母亲，让她坐在架高的木板地上歇息。

"让你做这种事，我会被骂的。"

"被谁骂？"

"你还问我——"

"你不说谁会知道呢？我也不会说啊。"

母亲在木板地的边缘，晃着够不着地的双腿，低下头说："这不是保密的问题，我和村民都会困扰啊。"

一看就知道老婆婆没法欺瞒他人。松永彻认为自己必须体谅，让这些纯朴的人演戏说谎是件多么沉重的事情。更何况，这种纯朴是自己早已丧失的东西。

"我来露两手。"松永彻替自己打气，顺便脱下西装外套，卷起衬衫的袖子。

厨房位于房子角落，已经相当老旧。不过，放在这座数百年屋龄的古厝里，还是显得有些不搭调。

这里找不到微波炉，但燃气炉和水槽都打理得很干净，保温锅里也煮好一锅香喷喷的白饭了。

"真不好意思啊。"

母亲依旧垂着头，坐在架高的木板地上。

"我是你儿子，又不是客人。"

从那一天起，松永彻就一直挂念着古厝和老母亲。或许，母亲一直很后悔撒谎吧？说不定连良心也大受苛责，就好像一把老骨头经不起阴雨摧折一样。

"妈，我有一件很自豪的事要告诉你。"

松永彻拿起在酒铺买的料理包："其实，这些都是我们公司生产的商品，世界各地都在卖。只要有商店的地方，不管是美国、中国，还是欧洲、非洲都有卖。"

当然，松永彻并不是想大声炫耀。在这栋用大量木头搭建的房子里，雨水打在茅草屋顶上的声响十分清澈，因此他才会一反常态，拉高嗓门说话："现在这个时代，大家都用微波炉加热食品。但不是每个国家都有微波炉可用，所以我坚持保留水煮和烹煮的加热方式。"

母亲本来还晃着双腿，一副百无聊赖的样子，一听到松永彻谈起自家商品，赶紧收起双腿正襟危坐。

"抱歉，这不是多了不起的事。总之，等我三分钟就好。"

高层在开会的时候，也有人多次质疑，加热只需三分钟是否有夸大宣传之嫌。事实上，加热时间只需三分钟并非宣传口号，而是开发商品的前提。

松永彻先用平底锅煎煮汉堡肉排，在另一口锅中放入菜色丰富的和食料理包，有酱煮芋头和鹿尾菜。

这三分钟，他做了一场梦。

梦中，他顶着艳阳跑回家，母亲正在厨房做饭。他很骄傲地拿出成绩单给母亲看。

（哎呀，每一科成绩都很好啊。小彻，你真了不起。）

几年后他外出打拼，就这么拼了四十年都没回家。

"哟呵，你会变魔术是吧？"

"只是普通的料理包。下面的酒铺也有卖，你没吃过吗？"

母亲先是惊讶，接着表现出羞赧的样子："这些东西我都没吃过。我一个老太婆，采一些山菜或农作物果腹就行了。"

虽然说是这么说，母亲吃了一口汉堡肉排，睁大眼睛赞不绝口，也许她很喜欢吃肉吧？

老实说，松永彻现在私下不会吃自家公司的产品。年轻的时候则几乎三餐都吃，年纪渐长，饮食习惯也越见谨慎。

不过，公司开发新产品他一定会试吃。两百多种料理包的味道他都尝过，也确实有一些个人的好恶。

母亲用缺牙的嘴咀嚼食物，饭碗和筷子却放在膝头，不再夹菜。

"我根本煮不出这么好吃的东西。你们都说我煮的饭菜好吃，其实是看我年纪大了，说些好话安慰我吧？"

松永彻摇摇头回答："没这回事。妈，这些东西比不上你的饭菜。"

母亲感动得哭了。看着母亲抖动肩膀啜泣，松永彻心想，为什么一个人有办法永远保持纯良的秉性呢？母亲的反应就像天真的小女孩，一个自责厨艺不精的新婚妻子。

"妈，我跟你说——"

松永彻斟酌了一会儿，最后决定说出这番话："我们公司一直在追求母亲的味道，所以才做得出好吃的产品。不过，这些东西根本比不上你的饭菜，不可能比得上。"

母亲低着头咀嚼食物，碗筷仍然摆在膝头，连连点头称是。

公司开发产品多年，讲究的不是味道也不是成本，而是"方便性"。然而，养活人命的食物不该一味追求便利，这是一种堕落，更不可能比得上母亲精心烹调的饭菜。

松永彻也坐进和室，不再细想。反正，他已经分不清虚拟和现实的界限了。

他现在的行为，就如同小孩子放学回家秀出成绩单一样，要说炫耀也未尝不可。看起来是幼稚了一点，但这位老母亲，确实有让人想讨好她的魅力。

"真的好好吃啊。"

母亲端坐在地炉边大快朵颐。那旺盛健康的食欲，总是让人心情舒畅。

"这些食物，都是你这位大老板开发的吗？"

"不是，不是我开发的。我只是长年在商品开发部门工作，负责提出一些企划，偶尔对新商品抱怨几句罢了。你要说是我开发的，也行啦。"

母亲不置可否，眼神却显得很悲伤："所以，你才不打算结婚吗？"

母亲似乎认为，年过六旬的单身男子过得很辛苦。

"也不是，纯粹是嫌麻烦。"

"嫌结婚麻烦啊？"

这个话题再聊下去不好收场，松永彻抬头看着檐廊外的屋檐，没有答话。户外的天空放晴了，水滴自屋顶断断续续落下，还有几只鸟儿飞过庭院。

方便的料理包日渐普及，跟不婚不育的社会现象也有关联吧。现代社会如此便利，生活也越来越舒适，忍受孤独就能换来宝贵的自由。一旦领悟了这个道理，就懒得去做什么努力了。至少，松永彻是真心这么想的。

或许，母亲也看透了他的想法。他不是忙于工作没空结婚，而是追求这些便利的东西，只想一个人悠哉生活。松永彻总觉得，母亲的话中颇有这番责备的含意。

"哎呀，有彩虹。"

母亲弓起身子指着户外，远处天空出现一道淡淡的彩虹。

"对啊，有彩虹。"

"嗯，好漂亮的彩虹。"

淡淡的虹光越见清晰，在山区和村落间架起一道斑斓彩桥，划过逐渐放晴的天空。

"东京看得到彩虹吗？"

听到母亲的疑问，松永彻陷入沉思。前一阵子，他在下雨天打完高尔夫球时，刚好看到了彩虹："也看得到，只是东京的天空太狭窄了。"

母亲又流露悲伤的眼神。对她来说，狭窄的天空看起来很悲哀吧。

松永彻很享受这段闲话家常的时光。如果这一切不是虚构，而是真正的归乡，母子之间也会有类似的对话吧。

归乡服务应该没有这么详细的对话教程。换句话说，母亲的反应是自然而然的。

松永彻靠在柱子上沉思，仰望彩虹高挂的宽广天空。母亲在这座古厝里，肯定生养了好几个孩子吧？不然，扮演母亲岂会如此自然。

可是，母亲确实一个人独居，也感觉不出有其他家人。照这样看来，她真正的子孙应该也是久久才回来一次。

松永彻停止猜测，不再深究下去。他得彻底融入母子情境中，否则这个豪华又奢侈的归乡企划就没意义了。

看着鲜明的彩虹桥，松永彻决定换个话题。

"刚才，我遇到一个从东京来的人，说是要来扫墓。"

母亲没有答话。

"酒铺的老板娘也吓了一大跳，她看上去不像这里的人，可能是谁家的亲戚。"

这时候，母亲终于给了温暾的答复："这样啊，大雨天还特地跑来，真是辛苦了。"

母亲放下筷子合掌道谢："多谢款待。能吃到孩子准备的饭菜，真是最奢侈的享受了。啊，太好吃了。"

语毕，母亲即刻起身收拾餐具，似乎不愿谈到来扫墓的女子。

松永彻直觉认定，母亲今天的反应有些奇怪。刚来的时候，母亲坐在地上，没有起身相迎，他起先怀疑母亲身体不适。后来母亲终于进入状态，举止却略显浮躁。

有没有可能那名女子是不请自来的呢？比方说，她去仙台或盛冈办完事，突然很想念"故乡"。体验过归乡服务的人，有这样的行为也不足为奇。况且，归乡服务也没有明文规定不得私下造访，信用卡公司相信高级会员都是懂分寸的人。

不料那位女子在公交车站碰上了有正式预约的访客。左右为难之际，只好谎称自己是来扫墓的。

那时候，松永彻也怀疑预约是不是撞期了。当然，信用卡公司的客服不会犯下这么低级的错误，有可能是自己搞错了时间。问题是松永彻反复核对过，他并没有搞错时间。

酒铺的老板娘也很讶异。照此推算，没预约就跑来的女子，用"扫墓"这种借口来化解尴尬实属正常。

松永彻不知道那个女子后来怎么样了，但酒铺老板娘一定有事先联络母亲。毕竟这可是紧急状况，稍不注意，两名素未谋面的子女就会同时出现在母亲面前。

母亲接获消息十分慌张，不晓得如何是好，正在犯愁，就听到儿子回来的声音。

松永彻做出这番推论，心想自己应该所料不差。儿子到家，女儿却不见了，母亲肯定很心急吧？

母亲在厨房洗碗，松永彻对母亲说："妈，你不用顾虑我，我没关系的。"

母亲也听懂了松永彻的意思。停顿片刻后，歉然说道："谢谢你啊，小彻。"

万一那个女子真的跑来家里，松永彻也做好心理准备了。三个人一起喝酒聊天也不错，或者他们可以佯装兄妹，共同融入这个虚拟的世界中。

松永彻继续欣赏天边彩虹，却看到了一幕意外的景象。

刚才那个女子，茫然地站在慈恩院的正殿后方。她看着雨后的墓地，最后抬头仰望群山和彩虹。看到这一幕，松永彻认为自己多心了。也许女子真是来扫墓的，只是在等雨停。

"妈，来一下。"

"怎么啦，小彻？"

母亲洗好碗，拖着身子回到地炉边，松永彻招招手请母亲到檐廊上。

"你看到猴子啦？"

"不是啦。我说真的，你不用顾虑我。你看，站在那边的女子，你认识吗？"

母亲双手撑在地上，仔细观察了好一会儿。古厝位于地势较高的区域，可以俯瞰山脚下的墓地。在这里放声呼喊的话，正殿后方的人应该听得到。

"不，我不认识那个人。"

"真的吗？我知道你有你的难处，不用顾虑我。"

"都跟你说了，那人我真的不认识。"

女子依旧茫然站在原地，从包里拿出手机。

"小彻啊——"

"有什么话尽管说吧。"

松永彻拍拍母亲的肩膀，母亲犹豫地说道："我女儿是当医生的，跟她长得完全不一样。我女儿更高挑，头发也比较长。"

母亲说的应该不是真正的女儿吧。大概是归乡访客中，有那么一位女医生吧。母亲面对工作的诚挚态度，打动了松永彻。不对，母亲在意的不是工作，她是真的把每位访客当成自己的子女。

"不过，小彻啊。那个人的身份，我算是有一点头绪。"

母亲承受着真实和谎言的拉扯，松永彻不愿看到母亲烦恼的模样，便终止了这个话题："妈，没关系，既然不认识那就算了。"

女子讲完电话，也发现有人在观望自己。母亲正襟危坐，非常谦恭地低下头来。女子一脸困惑，但也点头回礼。

最后，女子再次瞭望雨过天晴的群山，回到了正殿之中。

"我跟和尚都以为那个人只是说说而已。唉，这下该如何是好啊。"

母亲要是碰到什么问题，松永彻不介意帮忙调停。不过，身为客人这么做似乎不太妥当。

"你们有事要商量的话，你就去一趟吧。我在这里睡个午觉也好。"

"没事没事，交给和尚就行了。好了，我去泡一杯热茶吧。"

母亲撑起身子站起来："小彻啊。"

"怎么啦？"

"午饭很好吃哦。"

母亲温柔的笑脸上已经看不到一丝困惑。松永彻衷心佩服，母亲不只聪明恳切，还能好好控制自己的情绪，实在是个了不起的人物。

雨停了以后，森林里传来蝉鸣声，屋檐也不再有雨滴滑落。艳阳再次露脸，彩虹也如梦幻泡影般消失了。

刚才站在慈恩院正殿后方的女子，究竟是谁？

松永彻原先以为，对方是没预约就跑来的会员，可惜他猜错了。母亲不认识那个女子，却大概知道对方所为何来，紧接着还说，他们以为那个人只是说说而已。

从上述几点，可以做出什么合理的推测？

女子可能是某个会员的妻子，这说得通。也许妻子看到信用卡公司送来的对账单，发现有一笔"归乡服务"要价五十万元。就算丈夫为人老实又有钱，做妻子的看到这笔大开销也不会不闻不问。

丈夫好说歹说都没用，而简介的内容又略显抽象浮夸，妻子疑心也就越来越重，非得亲自来确认一下不可。

当然，松永彻没结过婚，不晓得做人妻子一般的脾性，这一切都只是他的猜想。

等一下，要真是这样，为何女子会谈到寺庙和墓地的话题？倘若女子到站下车后，看到很像正式预约的来客，才临时搬出"扫墓"当借口，那她不可能真的跑到慈恩院的正殿吧？又不是京都或奈良的名刹古寺，何必特地跑去参拜呢？

"小彻，喝茶吧。"

母亲在老旧的走廊上放了托盘，上面有茶杯和日式点心。儿子难得回家一趟，这确实很像一个母亲会做的事情。

整件事的答案只有母亲了然于心，偏偏松永彻又不能过问。

"很气派的正殿对吧？你可知道，以前正殿屋顶用的不是瓦片，是茅草呢。"

慈恩院的屋顶正对着松永彻的视线高度。这么大的屋顶过去用茅草搭建，看上去一定很壮观吧。

"茅草过一段时间就要替换，在替换茅草的前一年秋天，所有村民会一起去后面的山里割茅草。稻米收成以后，全村四五十个人会牵着六七十匹马上山。就连外地人也会跑来慈恩院看热闹。"

母亲的言外之意是，不要想那些有的没的了。

即使那个女子是会员的妻子，松永彻也想不出她跟寺庙的关联。

不知何故，半年前的往事突然浮现心头。那时候，还是缤纷绚丽的秋季山景。归乡服务的精致安排和服务精神，好到让人有些不习惯，因此松永彻早早就离开了。当初，母亲也劝他不妨去扫墓。

对了，松永彻经过慈恩院的时候，老和尚也叫住了他，跟他谈起扫墓的话题。

信用卡公司的服务再怎么周到，也不可能真的立一座松永家的坟墓，这种事情光想就够瘆人的。

松永彻转头俯视墓地，不再看向正殿的瓦片屋顶，墓地几乎占了寺内的一半面积，而且有一部分在放射状的缓坡上，离这座古厝相当近。

感觉坟墓的数量比村民的数量还要多。或许，这里以前是很繁荣的村落吧？还是说，人们离开村子却没迁走祖坟，只有逢年过节的时候才回来扫墓？总而言之，这一大片墓地都精心整理过，没有一点疏漏。

不必深入细想，松永彻就得到八九不离十的答案。

等他做完这一任社长，他打算趁有空的时候收掉自家祖坟。与其麻烦亲戚打理，弄到最后墓地荒废，遗骨被人迁到公墓，倒不如自己亲手结束这一切。

松永彻并不认为这样很可怜。现在人口都集中在都市，而且少子化问题持续多年，跟松永彻一样际遇的人不在少数。

假设其中一名会员向往乡间生活，而且也在这个檐廊下眺望过墓地，说不定会对迁葬感兴趣。于是，那名会员回东京跟老婆商量，老婆被这个没头没脑的提议吓到，又不想跟愣头青丈夫一样，浪费五十万元住一晚，因此决定当天来回，过来看一下。

这下全都说得通了。

"小彻啊——"

"妈，有事等会儿再说。"问题是，迁葬服务是信用卡公司提供的，还是慈恩院的生意呢？抑或这一切纯属偶然？

"下过雨的晚上会有很多萤火虫跑出来，待会儿要不要去纳凉？"

母亲不想让松永彻继续深究，当妈妈的就是这样。

"有萤火虫看？好啊。"

"去相川桥那里，你会看到一大堆萤火虫。"

母亲遮住缺牙的嘴巴笑呵呵，也许母亲不是不让儿子深究，而是在责备他不该深究吧。

"哟，你还活着吗？"

每次打给秋山光夫，他都很快接起电话。这位友人看似温暾，但总在一些奇怪的事情上缺乏耐性，可能这就是"美国人"的特质吧。

"哪有人这样打招呼的？对了，阿光，你猜猜我人在哪里？"

"在温柔乡吧？"

"少跟我贫嘴了。"

"哈哈，听你的问法我就知道了，肯定又花五十万元去享受归乡体验了吧？你啊，真是太会享受了。"

等母亲去厨房准备晚饭，松永彻进入佛堂，打开灯。温暖而怀旧的灯泡，照亮了陌生的父亲和年轻军人的遗照。

"所以呢，发生什么事了？"

"也没有怎样——"

松永彻望着夕阳余晖下的庭院，谈起了那个造访慈恩院的女子。秋山这个人话很多，却也很擅长聆听。

"原来如此，与其收掉东京的祖坟，不如迁到乡下的寺庙，请寺庙代为供养吗？那个会员的老婆就来一探究竟，你的推测八九不离十吧。"

"你也这么想？"

"你也讲过类似的话啊。之前你不是也说要收掉松永家的祖坟？"

有这回事吗？松永彻确实在水疗馆对秋山谈起归乡服务，但谈到过未来的身后事吗？之后他们又碰了几次面，印象中也没再谈起归乡服务的事。

"我没这样想啊。"

"最好是的，听你的口气明明就有那个打算。拜托你别迁葬，不然我没法去扫墓。"

"那也要你活得比我久。"

今晚东京的雨也停了吧，松永彻想象秋山在豪宅中优雅饮酒的模样。

"松永啊，我老婆对归乡服务的看法是这样——"

秋山的老婆是金发碧眼的美国人。

"她说，这种服务简直难以置信，在美国更不可能推广。我也是这么想的，要客人花五千美元买一个谎言，这等于是拜托人家来投诉，服务内容再丰富也没用。我老婆还很担心，不晓得你要不要紧。怎么可能不要紧呢，是吧？到我们这个年纪，没有什么事是不要紧的。听好喽，松永。你可能被盯上了，自己的财产看紧一点。"

松永彻听了不大高兴。朋友的关心固然可喜，但没亲身体验过，光用口头说明确实很难取信于人。尤其再经过别人之口说出来，也难怪会被当成荒唐的诈骗。

秋山的老婆在电话的另一端轻唤老公。秋山告诉老婆，是松永打来的。她的日文已经相当流利，但夫妻独处时还是用英文沟通。

"抱歉啊，我得出门了。"

"没关系，是我打扰你了。你们就别担心了，我没问题的。"

"你最好没问题啦。"

好友笑着挂断电话。

"小彻，酒我帮你热好了，快来吧。"

　　远处传来母亲呼唤儿子的声音，语气中确实有母亲的真心。松永彻应了一声，却没有马上站起来。他盘坐在佛堂，看着天色逐渐昏暗的山村。

　　上过浆的浴衣穿在身上很舒服，感觉身体很习惯这里的一切。包括景色、气味、鸟儿的声音，还有风的喧嚣。

　　徜徉在这种安宁的气氛中，都市的现实反而像一场谎言或幻梦。

　　松永彻不后悔走上孤独的人生，他甚至乐在其中。而且，他还得到了自己并不向往的地位和名声。可是，跟乡村的安宁比起来，都市的生活实在逊色不少。明明那边才是现实，却极度缺乏真实感。

　　跟秋山光夫的对话给了他这种困惑的心境。

　　秋山光夫住在高楼的最顶层，太阳下山后，身下的世界点亮了人造光源，他跟金发娇妻还会盛装打扮一起出去用餐。这样的生活，有一种很不真实的感觉。

　　"我也煮不出什么好料理招待，不嫌弃就请用吧。"

　　地炉边摆好了精美的料理，松永彻却舍不得拿起筷子享用。

　　炭火本身就有驱蚊的效果吧，风雅的古厝不适合安装纱窗纱门之类的东西。

　　"小彻，回来了就好好放松一下，舒一舒筋骨吧。"

　　"妈，看到你身子还这么硬朗，我也很高兴。"

　　母子俩举杯共饮，松永彻回头望向后方，东边的天空出现一轮残缺的明月。

"不能用手电筒哦。"

母亲晃着提灯叮嘱松永彻。

"以前小孩子都拿着手电筒找萤火虫,结果萤火虫都不来了。小彻啊,你们还是小屁孩时也干过这种事吧?"

听到母亲这样问,松永彻还真不知道该怎么回答。他小时候的确会拿手电筒乱玩,还被父母责骂。

不过,他的孩提时代和萤火虫无缘。那时的东京,水质和空气都比现在差多了。

"萤火虫不会讨厌提灯的光芒吗?"

"不会,它们还会靠过来呢。"

慈恩院的山门已经关上了,街边有几户民房的灯也亮了。天空就像浮世绘的用色一样,黑暗中夹杂着几许深蓝。

晚上路灯没有点亮,不晓得是担心光污染会赶走萤火虫,还是信用卡公司的贴心安排,好让来客欣赏萤火虫。总之,有月光和提灯照明,走夜路就够了。

松永彻没有完全喝醉,还留下一点清醒想事情。

如果他们是真正的母子,他得在退休后回归故里,或是把母亲接到东京的公寓照顾。可话说回来,这种事情说起来容易做起来难。不,根本是不可能的事情。

在过去那个年代,家家户户都有很多小孩,农业经济是主流,人的寿命也没有现在那么长,那时候的人根本不会有这种烦恼。可是,看着月光下静悄悄的废弃屋宇,还有路旁稀疏的民宅灯火，那些家庭大概都排除万难解决了安顿老人生活的问题。

对这里的人来说，凋零的现实就跟父祖辈经历过的饥荒和疫病一样。更糟糕的是，这是一场永远不会好转的饥荒和疫病。

"妈，你不寂寞吗？"

走着走着，松永彻说出了村民无处诉凄凉的悲哀。

母亲在提灯的光芒中，笑眯眯地说："没事，不寂寞。留下来的人，大家会彼此照顾。"

母亲也在思考该说些什么。想好了以后，母亲喃喃地说道："你们应该更寂寞吧？"

这番话听起来不像母亲自己的个性，而是为人母者的语气。换句话说，母亲是抱着以诚待人的信念接待来客。这些不似表演的言谈举止，还有那待起来很舒适的古厝，全都建立在母亲的信念上。

最后一班空荡荡的公交车开走了，接着就看不到往返的车辆，只剩下深沉的黑夜和大量的昆虫。

"你看这里，小彻。"

母亲站在相川桥上，晃着手中的提灯。

"你看，有好多萤火虫。没有小孩子追捕，这里简直就是萤火虫的天堂。"

松永彻忍不住把身子探出栏杆，他不是没见过萤火虫，但他从没想过萤火虫会大批聚在一起飞舞。溪流的水面乃至树梢之间，充满了无数的青萤光华。

"来哟来哟，萤火虫，快来哟。"

母亲像在唱歌一样呼唤那些萤火虫，萤火虫真的朝提灯的光芒飞来了。

"你看吧。"母亲得意地笑了。萤火虫撒娇般停在母亲的头发和衣服上。

"这片水域的深处，据说有户富贵人家的大宅院呢。"

母亲望着青萤飞舞的夜空，说起了陈年往事。

很久以前……其实也没那么久，这是我爷爷小时候的故事，差不多是明治时代。

在一个梅雨季的月夜，村里的孩子拿着提灯出来抓萤火虫。那个年代还没有手电筒，孩子跟萤火虫都开心地玩在一起。来哟来哟，萤火虫，快来哟。

玩了好一会儿，有人提议差不多该回家了，太晚会被天狗抓走。可是，在更上游的地方，对，就是那里，有萤火虫聚集的那块大石头。有个小孩只顾着玩耍，没听到大家说要回去了。

那孩子是村里最调皮的，他不想走，就谁也勉强不来，其他小孩只好丢下他回去。

他的名字叫庄助，生在佃农之家。父母曾拜托村长（庄屋）帮忙取个好名字，村长却说不能独厚他们家，父母一气之下，就故意给孩子取名庄助来讽刺村长。

萤 火

　　其他孩子都回家了，只有庄助一个人还在跟萤火虫玩。庄助喊着，来哟来哟，萤火虫，快来哟。

　　虽然庄助是个不知天高地厚的小鬼头，但小孩子还是怕被天狗抓走，便乖乖离开河面准备回家。说巧不巧，大批萤火虫也要回巢休息了。

　　庄助跟着萤火虫走，心想上游或许有萤火虫休息的洞窟。

　　他靠着提灯和穿透树丛的月光，走过山里的制炭小屋，踏入野兽出没的羊肠小道。大批萤火虫一直往里飞，仿佛引诱他深入。

　　走了好久好久，眼前竟然出现一条平整的山道，丝毫不像深山里会有的道路。萤火虫飞进那条山道，穿过了一座豪华宅院的大门。

　　天上月明星稀，四周万籁俱寂。宅院的黑色大门敞开着，都入夜了也没关上。

　　庄助走累了，提灯的火光也消失了，他心里开始发毛。庄助心想，也许这是隔壁村长住的地方，他应该愿意帮助一个小孩子吧。于是，庄助对着门内大喊："请问有人在吗？"

　　无人响应，庄助又喊了一声，接着直接走进门内。

　　村长住的地方根本比不上这座宅邸。月下庭院里有好多圆润肥胖的鸡，马厩里也有好几匹不同品种的骏马。

　　奇怪的是，屋内看不到一个人影。庄助已经饿得受不了，他一边问有没有人在家，一边走进房舍之中。

　　"请问有人在家吗？"庄助在檐廊行走，檐廊边的拉门都是开着的。他走到一间很宽敞的和室，地上还铺着深红绒毯。室内的上座摆着耀眼的金色屏风，还点了多根粗大的蜡烛，像在举办什么宴会一样。

庄助还是没看到任何人。

夏天的深山却隐隐透着一股寒气，青铜制的炉中烧着炭火，壶里的水也煮沸了。

也不晓得这里在办什么宴会，只见餐桌上摆了许多豪华的餐具，有鲷鱼、生鱼片、麻糬汤、红豆饭，全都是庄助从没见过的精致料理。

看到这么多好吃的饭菜，小鬼头不再客气，直接大快朵颐起来。

"多谢款待啊。"

吃饱了以后，庄助开始心虚。他跑到别人家，还偷吃人家的饭菜。况且，他只是隔壁村的佃农之子，屋主要是知道，肯定会把他扭送警局，关进大牢。

庄助越想越心惊，连草鞋都没穿就跑走了。不晓得跑了多久，等他回过神来已经在相川桥边。

隔天庄助跟大家讲出自己前一晚的经历，村民倒也没有笑话他。自古以来，这块土地上就流传着"迷途之家"的故事。据说，有幸到深山中的贵人家一游的人，日后也会成为贵人。

不过，庄助只是穷人家小孩，又喜欢调皮捣蛋，大家都不相信他会成为贵人。村民都说，给那小鬼头碰上这等奇遇，真是太没天理了，于是大伙结伴上山寻找那座宅邸。可惜，庄助不记得路，萤火虫也不愿再带他前往。

真是怪可惜的是吧？

故事说完啦。

好了，我们也该回去了。

哎哟？你要背我？这怎么好意思。不然就麻烦你一下吧？

对了，小彻。刚才我说的故事可不是编的。其实，故事还有很有趣的后续啊。

后来明治时代结束，到了大正时代，村长决定去一趟东京，庆贺新天皇即位。

一行人先遥拜皇居，再去内阁总理大臣原敬的府上造访。可是，原敬阁下在接待另一位客人，迟迟抽不开身。好不容易轮到他们拜见时，发现阁下竟然亲自送那位客人离开。在待客室的村长看到这一幕，不禁大吃一惊，赶紧跑出去迎接阁下。

原敬阁下在门口送完客人，村长等人递上自己的名片。阁下端详了一会儿，直说原来他们也是相川村的人，那么或许他们也对方才那位贵客有印象。

贵客名叫高木庄助，村长等人一听都惊呆了。那调皮捣蛋的小鬼头庄助，后来离开村子去有钱人家打杂，也不知道碰上了什么机遇，竟然成为大老板，连原敬阁下都敬他三分。

没错，真的是这样，有幸到深山中的贵人家一游的人，日后也会成为贵人。

好啦，这故事算是真的结束了。

小彻，你小时候是不是也跟着萤火虫跑到过贵人家里？

来哟来哟，萤火虫，快来哟。

10

无 为 徒 食

室田精一闲来无事。

去年六月退休后，虽然发生了一些出人意表的事情，却也享受到了自由的生活。

可是，一年时间过去，想做的事都做完了，过去向往的闲暇生活，反而变成百无聊赖的时光。

他已经好一阵子没有妻子的消息。妻子的电话应该还打得通，但也没有什么不得不联络的要事。没有要事还刻意联络，未免显得藕断丝连不够干脆。他不晓得妻子现在过着怎样的生活，所以不太敢联络。

两个女儿像串通好了一样，都不回来探望他。当然，长女和次女都忙着照顾小孩，室田精一也体谅这一点，但她们就不关心独居的父亲？不关心老家的状况吗？两个女儿也没帮着母亲出气，应该说，夫妻间没发生过严重的争执，逼得女儿必须选边站。她们大概是遗传到母亲冷淡的个性吧。

"唉。"

室田精一叹了口气，从沙发上站起来。现在他几乎整天都黏在这张沙发上。

客厅乱七八糟的，已经离婚的老婆和两个冷淡的女儿不会回来，但算一算时间，妹妹差不多快来了。他不想看到妹妹边扫地边数落他的模样，好歹得整理得像样一点才行。

打开窗户，迎面而来的是热死人不偿命的高温，以及蝉的叫声。

庭院都荒废了。这座庭院虽小，妻子一向很用心打理。室田精一原以为，就算妻子跟他离婚分居，也不会放着庭院不管。至少每个礼拜会回来一两次，帮忙浇个花或除除草。

没想到，妻子连庭院都抛弃了。丝毫不顾念婆婆留下的这座庭院，也没交代女儿帮忙打理。

这样看起来，脏乱的室内和荒废的庭院似乎再也没有分界。室田精一甚至觉得，自己也是这片脏乱的一部分。

"干活吧。"

室田精一放下妄念，打起精神开始整理客厅。

过去他有很长一段时间到外地任职，洗衣煮饭难不倒他。可是打扫就不一样了，清扫一栋屋子和清扫一间小套房，完全是两回事。

当初父母修建这栋房子的时候，就是按照一家四口的需求来盖的。前后两代的家庭构成相同，到了室田精一这一代，住起来还是很方便。然而女儿出嫁以后，这栋房子就太大了，尤其现在自己一个人住，根本用不到这么大的空间，打扫也十分辛苦。

室田精一本想卖掉房子，换间小一点的公寓，却又担心妻子哪天回心转意。他知道这是自己的一厢情愿，但要真卖掉女儿的娘家，实在颇有罪恶感。

除了客厅和二楼的寝室，剩下的房间都没在使用了。难得打扫一次，那些房间又不能放着不管。

麻烦归麻烦，好在室田精一有的是时间。权当是打发时间，打扫起来就没那么沉重，连客厅的落地窗都擦得一干二净，遗憾的是从外面看只看得到荒废的庭院。扫完浴室以后，今天也懒得去两天去一次的健康休闲中心了。

"有心就办得到嘛。"

花了半天时间打扫家里，室田精一喃喃自语。

是啊，有心就办得到嘛。

这句话是他以前在职场上的口头禅。底下的女员工告诉他，讲这种话是职场霸凌，当时他的震撼难以言喻。所谓的职场霸凌，与上司有没有恶意无关，只要部下觉得被冒犯，那就是职场霸凌。后来，他去请教几个关系比较好的下属，他们表示，每次他叫下面的人改善缺失，经常会加上这句话。也许当上司的只是在称赞部下，但下属听起来可能会以为自己被瞧不起，这话颇有自以为是的味道。

曾几何时，这种问题也被拿来大做文章了。各种职场霸凌委员会和法令委员会，说是工会主导的也不为过，后来在人事单位也占有一席之地，还订立明确的组织规章，再也无法等闲视之。换句话说，室田精一这一代的主管，首当其冲成为被放大检视的对象。

有心就办得到嘛。

室田精一自问，他是不是对妻女也说过同样的话？而自己现在的下场，是不是这些言行举止造成的？

他不再多想，先泡了一杯咖啡，抽根烟休息一下，享受忙完大工程的满足感。

现在他经常用滤泡挂耳包，这种东西可以快速冲泡一人份的咖啡。退休后他本来打算戒烟，不料抽的烟反而比以前更多。

接下来，室田精一打开电脑确认电子邮件。其实用手机确认就够了，但把餐桌当成办公桌来用，是他上班多年养成的习惯。

信箱没有新的邮件。刚退休的那段时间，以前的客户和同事还会写信来询问一些交接事项。渐渐地，这些邮件越来越少。

仔细想想，电脑这东西对他这代人来说，本身就是一种考验和试炼。在室田精一的观念里，电脑是会计部门在用的东西，结果才一眨眼的工夫，就连业务部门的员工都必须学会使用电脑。不是会与不会的问题，而是一定要会。他费了好大工夫才学会，无奈脑袋并没有与时俱进，还是有一大堆功能不会使用。

也因为电脑吃了很多苦头，现在他对电脑还是有很大偏见。浪费时间又毫无生产性的科技怪兽，扭曲了人际关系，害人性不断堕落。可是，如今他有了新的体悟，没有电脑这玩意儿，闲暇时间还真不知道干什么好。没有了工作，每天他还是会花两三个小时，在餐桌上的另一个世界神游。

肚子饿了。

午休时间早已过了，但也无关紧要。反正退休了，也不用保持生活的规律。妻子离家以后，他不再准时吃三餐，一切看肚子饿不饿来决定。这确实是一种简单易懂的"自由"。

准备饭菜倒也不麻烦，退休前被下放到外地也算因祸得福吧。换句话说，他的饮食习惯只是变回一年多前的状态罢了。

室田精一喜欢吃泡面，但吃多了感觉这样的生活很可悲，所以尽量不吃。罐头也是一样的道理，单身男子吃这些东西果腹，已经太落伍了。

问题是，他也没兴趣下厨。谁叫他双手不灵巧，连菜刀都不太会用。

因此，料理包是最好的选择。只要加热一下，就能装盘享用。

室田精一打开冰箱，现在这台冰箱对他来说也太大了。冰箱沦为料理包的收藏库，而料理包根本不需要冷藏。

今天该吃什么好呢？

意大利面好吗？速食面当然也是一种快餐，但这东西好吃到简直不像快餐。跟外面那些软烂的面条相比，他反而更喜欢这种方便面条的口感，何况也只需一道简单的"加热"

手续。料理包成为更加诱人的邪恶产物。

"罗马假期"是食品界的高端品牌，价格不便宜，味道更好得无话可说。外包装上美味可口的食物照片，可不是夸大宣传。

在常温下保存期限长达一年，放在冰箱里应该三年也不会坏吧。所以，室田精一抓准超市的特卖时间，把十六种料理包全部都买齐了。

今天吃香蒜蛤蜊意大利面好了。包装上还印着刺激食欲的广告语：鲜美蛤蜊配上顶级初榨橄榄油，更添芬芳甘美。

烹饪方法真的很简单，用微波炉加热一分钟就行，泡热水也只要三分钟就好。加热好直接打开，把面条搅拌均匀就能吃了。最贴心的是，里面还附有蒜片和香芹，供消费者额外添加。

不过，室田精一不太会用微波炉，都是直接泡水加热。而且他还知道一个偷懒的好方法，就是丢到电热水瓶里加热。

贩卖"罗马假期"料理包的企业是食品界的龙头大厂。室田精一查过那家企业的财务报表，每年销售额将近一兆日元，这个数字可把他吓坏了。国内有同等销售额的医药厂也才三四家。

超市特卖的时候，各类料理包都只卖一百九十八元。料理时间不超过三分钟，室田精一很难想象，到底是什么样的企业，一年可以卖出一兆元的商品。

"开动。"

室田精一在电脑旁边享用迟来的午餐。话说回来，"罗马假期"从来不会让他失望，十六种料理他都吃过，美味难分轩轾。

在享用美食的当下，室田精一也没有忘记自制。饭吃得太快，血糖会飙升。

同时，他也想起妻子说过的话。

我费心煮一个小时的饭菜，你都只花五分钟就吃完。

室田精一白天从不喝酒，他怕白天喝酒会失去自制力。万一不小心喝得烂醉，而妻子或女儿刚好回家，可就永远没有破镜重圆的机会了。

无论那一天何时到来，他都要保持不卑不亢的态度，宽容迎接妻子回家。

想是这样想，室田精一也知道想象不可能成真。在这种心情低落的时候，"罗马假期"吃起来还是一样美味，真是太不可思议了。

玄关的门铃没响，反倒是一句日文古语敲开了他脑中的大门。

无为徒食。

一想到这句古语，室田精一就开始后悔，早知道就不该做不习惯的打扫工作。

家里脏乱一点，反而对精神安定有帮助。现在可好，自己一个人待在空荡荡的房子里，吃个饭搞得好像在进行庄严的仪式。怪不得福至心灵，脑袋突然冒出这句话。

无为徒食。

这句话的意思他知道，就是整天混吃等死，啥也不干。

室田精一放下叉子，打开电子词典。

无为，无所事事的意思。完全说中了他现在的状况，看到这么直截了当的答案，他有种坐立难安的感觉。

徒食，整天吃喝玩乐，不务正业。坐吃山空，立吃地陷，同样说中了他的现况。不过，这两个同义语也太不婉转了。

"无为"和"徒食"这两个词加在一起，还真有棒打落水狗的味道。

室田精一这才想起，他已经三天没出门了，因为连续几天都非常炎热。每天都有不少人被热死，大多是独居老人，害他也跟着担心起来。反正没有其他要事，乖乖待在家里还比较安全。他是为了健康才独居在家，绝不是混吃等死。

回头看一眼庭院，太阳似乎没那么毒辣了。

"好。"

时隔三日，室田精一终于决定出门一趟。

"是吗，你熟年离婚啊？真可怜。"

"她跟我离婚后，我日子反而清静。与其整天相看两厌，离婚还自在一点。自由的生活可宝贵了。"

川崎繁嗤之以鼻，蓄着胡子的嘴巴歪到一边："不要逞强啦。"

室田精一也不明白，为什么要找这家伙出来聚。而且他还大白天喝酒，借着酒力说出自己可悲的遭遇。

装潢古朴的荞麦面店冷气开得很足，小包厢里还有老人在悠闲饮酒，看上去很像退休后赋闲在家的人。当然了，室田精一他们的年纪也跟老人差不了多少。

"我没逞强，这时代单身男子过日子可方便了。"

"少来了，明明就很想念你老婆。"

室田精一的妻子很讨厌川崎，她说川崎讲话令人火大，眼神还色迷迷的。

"所以呢，你老婆跟男人跑了？"

川崎说这句话时，还竖起大拇指[1]。没错，就是这种语气和眼神令人火大。

"大概吧。"室田精一不爽地随口应了一句。

"也是，你老婆确实是不错的女人，年轻的时候倒是不怎么样。一定是被年纪比较小的男人拐跑了。"

一言以蔽之，川崎这人完全不懂人情世故。造成这种人格缺陷的原因也很简单，就室田精一所知，这窝囊废从来没上过班，连打工的经验也没有。那么，川崎是怎么过活的呢？按照他本人的说法，他有房租和股票收入，不愁吃穿，可他从不说这些钱是打哪来的，因此室田精一推测，他一定是靠老婆养着，他老婆有一级建筑师执照。

他们是初中和高中同学，除此之外也没其他交集。奇怪的是，这一丁点的缘分始终断不开。近来室田精一终于想通，

---

[1] 日本过去小拇指代表女子，大拇指代表男子。——译者注

这就是损友之间的缘分吧。

"也罢,不提你老婆了。反正世道这么乱,离婚也不稀奇。对了,倒是那个什么归乡服务,花钱买故乡还附送一个老妈,挺有趣的。"

室田精一很怀念与人对话的感觉,况且这窝囊废还是个好听众。酒过三巡后,话匣子一打开就停不下来。

"室田哪,你说那是联合信用卡提供的服务,那安全性应该有保障。照这样看来,你那段经历真的挺奇妙,再说给我听听。"

这窝囊废穿着一身便装,脚上还套着拖鞋。一头斑白的长发绑成一束,俨然就是软烂男的最佳写照。

不过,川崎的软烂并不是那种恶劣的软烂。从没听说他在外面玩女人,他对赌博也不大感兴趣,喝酒只是浅尝即止,香烟更是戒了好多年。

软烂归软烂,他还是有讨喜的地方。

这是室田精一的妻子对川崎的评价。不是对女人讨喜,而是对其他人讨喜。这话好像有点道理,室田精一也不喜欢川崎,却始终没有与他断绝往来,或许就是这个缘故吧。跟这种打从心底轻蔑的对象待在一起,反而轻松自在。毕竟双方天差地别,没什么好比较的,不需要打肿脸充胖子,又能随意吐苦水。换句话说,川崎这人还真有讨喜之处。

没跟川崎繁断绝往来还有另一个原因。这座城镇位于东京郊外,很多童年玩伴继承了父母的房子,年老后也住在这个地方。只不过大家都是六十一二岁，要说老也不是真的很老，没有人闲到可以一大早陪室田精一喝酒。准确来说，那些童年玩伴不想过太悠闲的生活，所以退休后又找了其他工作，有的人则是参加义工，或是专注于学习。唯独川崎繁，室田精一每次找人喝酒，他一定有求必应，就算心血来潮的邀约也一样奉陪到底。

"嗯，这就是联合信用卡公司的黑卡。"

室田精一没打算炫耀，只是对方想看，他也没理由藏。

川崎从上衣口袋拿出老花眼镜，左右瞧了老半天：

"只是颜色不一样嘛。"

"废话，尺寸不一样怎么用啊？"

"手持黑卡，感觉就是必须被谨慎对待的大人物。就好像在告诉旁人，这家伙很难打发，要好好伺候一样。"

"确实需要谨慎对待啊。有时候去店里掏出这张卡，店员的态度马上就变了。"

"这玩意在面店行不通吧，难不成还能多给你一尾炸虾？"

正好，天妇罗炸好了。室田精一不太喜欢这家店的荞麦面，但散发着胡麻油香气的天妇罗非常好吃。

"室田啊，当上黑卡会员有啥好处？"

"点数永垂不朽啊。"

"是啊，也不怎么样嘛，巨人军团也是永垂不朽啊。"

川崎讲了老人家才听得懂的玩笑话。

"平常订不到的餐厅，黑卡会员随时都订得到。"

"这服务你也用不到啊。你现在不用招待客户，老婆也跟人跑了。"

"还可以听歌剧，欣赏古典艺术。"

"你有这些爱好？"

"客户喜欢啊。"

"室田啊，跟你说你已经没有客户了。这东西的会费可不是闹着玩的。"

"要三十五万元。"

可能是他们聊得太大声，在包厢喝酒的老人回头看了他们一眼，没准是把他们的话题当成消遣。

"是预交保证金吗？"

"不是，每年都有会员费用。"

"每年？"

"对啊，每年都要交，年底会自动扣款。"

川崎繁静静地放下筷子："我说室田啊，现在我终于知道，为什么你老婆跟别的男人跑了。"

"她没别的男人。"

"有没有男人不是重点，我想讲的不是这个。未来要靠年金过日子的人，每年却花三十五万元保留一张用不到的黑卡，太奇怪了吧？"

"再重申一次，她不是跟别的男人跑了，不要散播谣言啊。"

独自喝酒的老人又转过头来，室田精一叫川崎凑近一点，压低音量交谈："你听我说，我以前还在上班的时候，这张卡真的非常好用。我也知道退休以后应该退掉这张卡。只是，我希望在退掉之前，享受一下这些福利。"

"既然这样——"

"等一下，你先听我说完嘛。我也想过要带老婆一起旅行，或是请她吃顿丰盛的大餐之类。可是，我一退休她就摊牌了，离婚跟这张卡一点关系也没有。"

"讲来讲去，还是跟男人跑了？"

"都跟你说不是了。还有，你讲话太大声了。反正，我老婆怎么样无关紧要。我的意思是，就在我的退休生活乱作一团的时候，刚好收到了归乡服务的简介。"

二人稍作休息，又多喝了几杯。室田精一好久没喝温热的酒了。

"天妇罗请趁热享用。"

老板娘说话了。看样子老板娘也在偷听他们没营养的对话，早知道就不该挑附近的店家喝酒，现在后悔也太迟了。

"原来是这样。刚好在那节骨眼上，信用卡公司给你一个故乡和老妈，这也太巧了吧。"

"很巧对吧？只是价格不便宜，我也犹豫了一段时间。"

"多少钱啊？"

室田精一默默张开手掌。

"不贵啊。"

川崎繁以为住一晚只要五万元，那当然不贵。

"你少算一个零。"

川崎繁蓄着胡子的下巴差点没掉下来："真的假的？"

"就说我犹豫过啊。"

眼前的窝囊废一口喝光酒水，难得露出严肃的表情："我说室田啊，你的心情我不是不了解，拜托你别再去第二次了，就当一辈子享受一次奢侈的校外学习就好。人哪，要掂掂自己的斤两。"

想不到川崎这家伙也会说教。原本是因为他不会认真听，室田精一才找他吐苦水。

这时候，相川村的冬季景致在室田精一脑海中回放。现在乡下应该很热，但那里的夏天肯定舒适多了。他想象母亲坐在檐廊边看夕阳，手持扇子纳凉。

"你还想听下去吗？"

"不用了，我没心情听下去了。这对我来说跟鬼故事一样可怕。"

之后，二人吃着荞麦面，聊起校外学习的回忆。

将近半世纪前的往事已经忘得差不多。室田精一只记得，他们是搭夜晚的软卧前往九州岛，至于回程搭的是什么，他已经想不起来了。

都黄昏时分了，暑气依旧不散。

这个时间有不少人外出采买，还有下班的通勤族，车站周边被挤得水泄不通。

过去，这个位于首都郊外的城镇，还是空旷宜人的地区。如今木造的车站变成了水泥大楼，铁路也变成高架线路。重新开发的车站周边，早已失去往日的光景。武藏野的杂木林和农田也不见了，水泥森林遮蔽天空。

室田精一只觉得生活更便利，从没在意过自己的故乡经历了多大的改变。换句话说，等到不用上班通勤，他才开始怀念那些失去的风景。

吃完面走出店门，损友就跟他道别了。听说他的小儿子今天会带孙子回来，所以要赶紧回家准备丰盛的晚餐。

川崎繁是有惹人厌的地方，但他不会说谎吹牛。一个终身吃软饭的男人，竟然比辛苦工作一辈子的男人更幸福，这个事实让室田精一满肚子委屈。

不过，室田精一说服自己，现在享受到的自由是难能可贵的。整天讨好老婆，还得招待儿子的妻小，或许这也是一种幸福，但终究不自由吧？

室田精一拿出手机，本想听听外孙的声音，想一想却又作罢。他不愿意承认自己过得很寂寞。

路人一个一个都走得比他快，他的体力没有退化到步履维艰，纯粹是没有急着要去的地方。

几点回家都无所谓。不，就算不回家也没关系，更不用陪客户或同事吃饭应酬。室田精一还是很难相信，这些都是千真万确的变化。

他到不禁烟的咖啡厅过过烟瘾。窗边的位子是空的，可以看到车站前的圆环。

点起香烟，他开始怀疑自己误会了川崎繁。说不定，他不该用上班族的道德观和价值观来衡量对方的人生。

川崎繁和他住在同一片市区，但走路去拜访并不方便。川崎繁常跑到室田家喝酒，室田精一却从没去过川崎家拜访。这也难怪，一个靠老婆养的男人，怎么好意思在家喝酒呢。

室田精一只有在孩子的运动会上，跟川崎繁的建筑师老婆打过照面。除此之外，室田从没在通勤路上见过对方，也不知道她是单独接活，还是在哪个地方开事务所。

"啊，原来如此。"

室田精一自言自语，旁边看电脑的女大学生，一脸诧异地看着他。

搞不好川崎繁不是吃软饭，而是专心当全职的家庭主夫。妻子赚得比较多，工作又特别忙，丈夫身无一技之长，又不懂人情世故，家庭主夫倒也算合理的选择。

这在现代社会并不是多罕见的事情，但在男主外女主内的年代，这种分工合作的方式不好到处张扬，川崎繁才会甘愿承担"窝囊废"的指责吧。

因此，川崎繁从不提及自己的私生活。讲话虽然不得体，但擅长当个好听众；表面上不懂人情世故，却又意外体贴的矛盾特质，也有可能是"家庭主夫"的性格使然。难怪跟他相处起来特别自在。

"原来如此啊。"

　　室田精一再次自言自语，旁边的女大学生竟然换位子了，真是令人火大。

　　我不是什么变态啊，你要是运气差一点碰上我的遭遇，也会开始自言自语的。室田精一对着女大学生的背影抱怨。

　　川崎繁说，今天小儿子要带孙子回来，他要提前准备丰盛的晚餐。

　　这位损友不谈私事，谈起自己的小孩却很自豪。自己辛苦拉扯大的孩子，当然是疼爱有加。室田精一记得，川崎繁的大儿子在海外高就，小儿子跟母亲一样是一级建筑师，无可挑剔。哪像自己的笨女儿，念的是三流学校不说，还嫁给别无所长的废物。

　　总之，小儿子携家带眷回来看老父老母，勤奋顾家的"家庭主夫"准备大显身手，弄一顿丰盛大餐招待全家。

　　走在圆环上的行人突然加快步伐，原来天上下起了阵雨。

　　无为徒食。

　　窗外的闪电又勾起了这个令人火大的字眼。室田精一心想，无所事事、混吃等死的人，其实是他自己才对。

　　假设女儿好意带孩子回家，想让父亲含饴弄孙，家中都没什么能招待的，冰箱里只有大量的料理包。就算有心款待女儿和外孙，他也不会用菜刀，连蔬菜的名字都说不出来。

　　骤雨过后，夜晚总算凉快了。

　　室田精一不想回家，反正回家也是喝啤酒杀时间。他只是觉得，回家之前好像还有应该做的事情。没错，只是"好像”而已。

被下放到关西物流中心以后，他一直在考虑退休后的生活。想做的事情很多，但每一件都是建立在家庭和谐的前提上。

好比去海外旅行，四处造访温泉胜地，学习做荞麦面，教女婿做人处世的大道理，还有参与孙子的教育等等。

无奈这些事情还来不及做，就全部付诸东流了，最多也只做过一两次荞麦面。

未来一片茫然，偏偏过去的梦想又无法忘怀，就变成一种恶性的牵挂。因此，他总觉得自己有什么事要去做。室田精一催眠自己过得很“自由”，其实这就是他自由的真相。

去看场电影好了。

站前大楼内有大型影城，影城有六间放映厅。现在想看电影就能在家看，所以他明知有大型影城，也从没去消费过。

他四十多岁被外派纽约的时候，头一次见识到真正的影城。一个区域里有好几间放映厅，买票就能随意挑选自己想看的电影。影城采用这样的机制，主要是对抗电视和网络的冲击，确实是了不起的构想。

之后日本也引进这套模式，室田精一却没去影城看过电影。简而言之，影城这地方并不适合有家庭的上班族。

电梯门一打开，冷冽干燥的空气迎面吹来。这几年电影院的形态有很大的改变，但那股味道和气息还是跟以前一样。

车站周边被开发以前，这一带有专门放映新片的电影院。

可能是电影公司的直营剧院，换了方式经营吧。现在电影院搬到高楼大厦里，看不到古色古香的砖瓦，也没有手工绘制的广告牌、摆放剧照的展示窗。然而，令人怀念的味道依旧没变。

好在老年票价只要一千两百日元。过去辛辛苦苦缴了一大堆税金，年纪大了有这么一点福利也应该。花这点小钱打发时间刚好。

可是，他在买票的时候犹豫了。即将放映的是白给他钱也不想看的动画片，至于他"想看"或是"勉强愿意看"的电影，都已经开场了。

明明时间多到花不完，却就是等不了这三十分钟。可能是平常在家习惯把电影准备好，想看随时都能看，所以这三十分钟让他很不耐烦。

他以为自己找到新的乐趣，结果期望越大失望就越大。

最后，室田精一头也不回地走向电梯。还是买些下酒菜回家，看家里现成的电影吧。

高架桥下的路上开了不少小酒馆，并没有受到城市再开发的浪潮洗礼。只不过室田精一没有常去的酒馆，干脆先四处闲晃，心情好就去哪里喝两杯，不然就买点烤鸡肉串回家。

从工厂和研究所下班的人，自站前移动到饮酒寻欢的地方。大部分都是年轻人，总有一天他们会结婚生子，没时间跟朋友喝酒玩乐。未来升迁或调职，下班也很难找到谈得来的同事一起喝酒。所以喝酒的乐趣，只能趁年轻享受。

大楼后方有一个狭窄的货物出入口，正好有货车在卸货。员工出入口也设在同一区，人员进出频繁。

保安挥舞着指挥棒，刚好跟室田精一对上眼。如果其中一人先认出对方，还能赶快装不认识，但好巧不巧他们都太晚认出对方，对看这么久，躲不开了。

室田精一不得已停下脚步："哎，你是青柳吧？"

他们不是特别熟稔，室田精一却马上想起对方的名字，年轻时的记忆他并没有遗忘。

"哎呀，这不是室田兄吗？"

室田精一找不到话讲，指着上方说道："我刚才去看电影啦，这边的电影院离我家很近。"

室田精一觉得对方老了好多，想必对方也有同感。

"听说你调去关西物流中心了？已经退休了吗？"

"都被调到外地了还回锅，想一想划不来，去年夏天我就看开了。"

继续待在原本的岗位，理论上可以再延长两年雇用期限。可是公司提出这种条件，摆明了是要人滚蛋。

"物流中心主管，也算高层干部了吧？"

"没有，就是看管仓库的闲缺罢了。"

"是吗，我还以为你一定会做到高层呢。"

这话听起来似乎有那么一点挖苦的意思，不晓得是不是自己心态有问题？

"那你什么时候退的？"

"早早就退了，延长雇用期限的条件太差了。当然，我也没本事跳槽。整天闲在家没事干也不好，就趁身体还灵活，随便找份工作当运动。"

随便找份工作当运动？少嘴硬了。肯定是在泡沫经济时代买下了自己根本付不起的豪华公寓，结果现在贷款还不完吧？

"也是，整天在家没事干，只会被老婆嫌弃。"

这话一说出口，室田精一就心虚了。自己也别嘴硬，明明就是被老婆抛弃，不晓得未来该怎么办才好。

"看你过得真悠闲。不过我蛮意外的，本来以为室田兄肯定会当上高层。再怎么不济，也该混到子公司的社长嘛。"

这家伙绝对听到了风声，故意讲话损人。也难怪，当保安被旧识看到，只好先损人来保住颜面。

"改天一起喝两杯吧。"

"好啊，我最近会在这里驻点，记得来找我。我还要忙，先失陪了。"

青柳赶紧跑回卸货区，他们未来也不可能一起喝酒，那绝对是全天下最难喝的酒。室田精一是为了结束这场倒霉的偶遇，才说的客套话。青柳也是一样的心思。

换句话说，他们刚才的对话，真正的意思是这样——

以后别再碰面了。

是啊，我最近会在这里驻点，拜托别来找我，最好别再见面了。

这才是他们的言外之意。

室田精一按照原定计划，先到小酒馆买几串烤鸡肉，回程走在行道树下，吹着潮湿的暖风。

这条路，是他跟父亲每天必经的通勤路径。当春天短暂的花季到来，一大片花海会遮住都市的天空。

室田精一只记得青柳的姓氏，名字忘记了。青柳的资历好像只比他浅一两年。内向又不起眼的模样，跟年轻时别无二致。

青柳新进时被分派到总公司的业务部门，好像只待了几年。室田精一不记得青柳是何时被调走的，也不知道他调去了哪个单位。反正他们后来在电梯或走廊碰面，也只会点头打个招呼而已。

青柳比他晚一两年进公司，说不定他们同岁。可能青柳大学重考一年，或是在学校留级了之类的。不消说，这些事情跟职场生活没有太大的关系。

可是，看似无关的小事情，经常会发展成大问题。想当上高层干部出人头地，一两年的资历差距有着重大影响。

一般员工的退休年限是六十一岁的前一天，在这之前没有当上高层干部的人，必须按规定退休，或是接受二次雇用的条件，忍受兼职员工较差的待遇。因为这些规则的关系，加入公司的年龄远比个人的业绩或年资重要。

或许，青柳也承受着不公平的待遇吧。都已经分道扬镳，室田精一才开始想这些无关紧要的事情。

听得出青柳的言谈中，夹杂着对公司的不满与怨言。这样的不满并非青柳独有，真正能享受到成就感的人，只有那二十多个高层干部。只有少数职员可以领取高额的年薪、延长退休年限，同时体验到参与经营的成就感。

想必他们退休以后，也不会被老婆抛弃，更不用辛苦工作还房贷吧？

离家越近，室田精一的脚步就越沉重。走完这条种满行道树的路，他回去的那个地方已经称不上家了，只是用来睡觉的窝。

奇怪的是，室田精一不知道高层干部的具体薪资。他当过很长一段时间部长，离高层的职位只差一点点，却不晓得作为上司的业务监察总部长领多少钱。他只听过关于高薪的含糊传闻，没听说具体的数字。

那些高层自然不会透露，会计负责人和已经退休的前辈也绝口不提。

单就公司的职层来看，下面的人打探上司的薪资是一大禁忌。因此，室田精一相信，总公司的最上层有一个天堂般的"干部村"，那些人在天堂里体会着别人无缘享受的幸福，就跟古代罗马帝国的贵族一样，过着富裕又充实的生活。

室田精一那个年代的人，都把终身雇用视为理所当然。换句话说，青柳或许也有过出人头地的梦想。

绕过邮箱，自己的窝就在不远处。

以前子女年幼、父母尚在的时候，室田精一每次走到这里都会加快脚步。

总而言之，忙碌的一天结束了。"无为徒食"这句劝世警语，也在不知不觉间忘得一干二净，四周只有潮湿的黑暗相伴。

"我回来了。"

室田精一喃喃自语，后悔自己没有留灯就外出了。

11

神 明 启 程 的 日 子

从檐廊眺望故乡的夕阳，真是太美了。

已经收成的田地绵延到远方的山脚下。斜阳中的云彩从红色转为青色，横越整片浩瀚的苍穹。

古贺夏生这才领悟，原来自己一直活在人造的色彩和造型里。眼中所见的一切都是人为上色，一切造型都是人为设计出的形状。然而，她却误以为那些是很自然的景象，有时候还觉得挺美的。

不过，真正的天然绝非如此。真正的天然是如此壮阔又完美无瑕，而且和谐到难以撼动。

"妈。"

古贺夏生回过头，呼唤在厨房准备晚餐的母亲。

"怎么啦，夏生？"

母亲扯开嗓子嚷道，并不是年老失聪，纯粹是房子太大的缘故。

"我想出去散个步，可以吗？"

古贺夏生想融入这片夕阳美景，享受一下在名画中漫步的感觉。

可是，归乡服务的客人随便乱走，可能会给村民添麻烦。

"哈，这穷乡僻壤没什么好逛的啊。不然，你去小学逛一逛？那间小学很久以前就废弃了，但校舍和操场还是保持原有的风貌，挺有怀旧风情的。"

母亲的主意不错，从废弃的校舍眺望故乡的夕阳，一定很有诗情画意。至于怀不怀旧就不好说了。

"那我去去就回。"

"你应该已经忘了怎么去学校吧？"

"对啊，我忘了。"

母亲走了几步，用筷子指着外头说："你到慈恩院后往右转，再走一段路就看到了。"

在乡下指路不用讲得太详细，反正四周没有其他建筑物或道路。

"经过八幡神社不要过门不入，不用真的拜，稍微低头行礼就好。我先帮你烧好洗澡水。"

古贺夏生换上运动服，扭扭腰做好暖身运动，正准备要出门时，母亲又说话了："小心别被天狗抓走啊，夏生。"

"我不是小孩子啦。"古贺夏生笑着答话，一脚已经踏入浪漫的画景中。

走在波斯菊盛开的路上，没一会儿就看到山脚下有八幡神社的鸟居。

夕阳余晖透过杉木林的间隙，照亮一块气派的墓碑。从这块碑的大小来看，村子曾经送出很多年轻人参军。古贺夏生不谙历史，也不愿意多做想象。

古贺夏生来到鸟居前停下脚步，神社就在布满青苔的石阶上头。她合掌膜拜完，刚好看到那块墓碑。

她突然想起古厝里的佛堂，横梁上挂着军服男子的遗照。大概是母亲的大哥，也有可能是大伯或小叔。按照归乡服务的情节，那人应是父辈的亲戚。

神域的空气冷冽清凉，太阳还没下山就有虫鸣声了。

这座村子人口老龄化不是现在才有的问题，一想到这里，古贺夏生有种背脊发凉的感觉。这确实只是她的猜想，但在太平时代依旧缺乏年轻人口，远比战争还要来得残酷无情。过去在这里生活的人，应该做梦也没想到，村子竟然会碰上战争、饥荒、疫病以外的灾厄。

那些在远方死去的年轻人，想必也没有什么国家的概念。大部分士兵在外都挂念着故乡的风景。

遗憾的是，他们挂念的故乡，现在却快要破灭了。这一切，却是在和平中逐渐走向破灭。

"打扰了。"

古贺夏生对石碑低头行礼，一阵清风吹过，吹得树林瑟瑟作响。

远方的群山已经染上秋季的色彩，木造的双层校舍伫立在这片景色中，依然保有旧时代的风貌。

当然，这不是古贺夏生念过的学校，但她总觉得自己念的确实是这间学校，而不是东京的钢筋水泥校舍。

宽敞的操场上种了一圈樱花树，叶片也泛黄泛红了，春天这里一定美不胜收。花圃里也有很多漂亮的花朵，还有醒目的纯白百叶箱。校舍正面的大时钟也显示着正确时间。

古贺夏生走在干燥的操场上，四周没有一点杂草，脚底也踩不到一颗碎石子。斜阳在地上拉出一道长长的影子，影子前方站着几位老人家，正在收拾他们玩好的槌球，看样子准备离开了。

其中一个人招起手来，端详着古贺夏生。那位老人家说了几句，其他老人纷纷点头，对着古贺夏生低头行礼。他们也猜出这位陌生访客的身份。

"抱歉，打扰了。"

古贺夏生也找不到话说。

"您自便。"

其中一位老婆婆开口答话，古贺夏生认为自己不该多说什么，便微笑以对。这些村民不是归乡服务的工作人员，也不好意思让他们费心。

在场共有一位老爷爷和四位老婆婆，年纪应该在八十岁左右。老人家缓步拖着影子，悠哉离去。

站在校舍的玄关回头望去，这里的夕阳美景比在檐廊看到的更壮阔。好想伸出双手，将这一片美景留在怀中。橙红的颜色渐渐染满青蓝的天空。

老人家一离开校门，便全部转过身来鞠躬致意。

古贺夏生本想挥手跟他们道别，但她发现老人家不是在对客人尽礼数。他们小时候养成了良好的习惯，维持了七十多年都没有遗忘。也就是说，他们上下学时一定会在校门口立正站好，对着学校鞠躬行礼。

古贺夏生坐在玄关的石阶上，石阶年久磨损，屁股坐起来反倒舒适。

她思考过人生的幸与不幸。把偏乡的生活视为一种不幸，这纯粹是都市人的偏见吧？方不方便绝不是判断幸福的标准，至少他们活在真正的自然环境中，怎么可能不幸。

单论医疗条件确实不太方便，但这里有很健康的环境。

这里有纯净新鲜的空气，还有群山过滤的天然水源，以及充足的阳光合成人体所需的维生素。自产自销的食物也不油腻，尽管糖类多了一点，但生活在乡下运动量足够。每户人家之间都有一段距离，山村还有不少的坡道。平日还有农务要忙，忙完了就打槌球。跟生活在都市的人相比，乡下人不容易罹患慢性病，更健康，寿命绝对更长。

从营养学的角度来看，乡下的饮食虽有蛋白质不足的疑虑，但地图上显示，这一带离大海不远，公交车的终点站是山头另一边的渔港。据说，佐佐木酒铺每隔几天就会进一些鲜鱼来卖。

预防疾病比治疗疾病更重要，这是保持健康的常识，因此这里的生活反而理想。

纵然如此，这里最近的综合医院在驹贺野，往来医院的

公交车一小时只有一班，还是太不方便。但换个角度想，在
东京的医院候诊，少说也要等上一个小时，相形之下搭一个
小时的公交车，好像也没有多不方便。

　　站在医生的立场，两者虽然一样都是等，但人少一点的
医院可以花时间好好诊疗病人，这才是最难能可贵的。

　　古贺夏生思前想后，尽情欣赏夕阳美景慢慢变化。

　　东京的夜晚来得飞快，为何乡下的白天和夜晚却是这么
含蓄，来得慢，去得也慢呢？

　　古贺夏生察觉后方有人来了，看到校舍玄关处鞋柜边站
着一位她认识的村民。

　　记得这个人是后家的媳妇，也就是嫁到隔壁的妇女，她
平日里很关心年迈的母亲。

　　"哎呀，这不是夏生吗？你怎么在这儿？吓我一跳。"

　　"啊，擅自跑来不好意思。因为这里的夕阳太美了，我想
出来散散步。这次，我又来叨扰一晚。"

　　妇人也在斟酌该说什么才好："怎么说叨扰呢，这是你的
故乡啊。伯母这几天一直坐不住，肯定是在盼着你来。"

　　这话听起来有点像准备好的台词。可能突然遇到访客，
妇人也有些无措吧。

　　"请不用顾虑我，我也不想添麻烦。"

　　妇人性格刚毅又直爽，一看就是勤恳的农家妇人。

　　"这里真的很棒，我明明没念过这间学校，却有种怀念的
感觉。请问，你是这间学校毕业的吗？"

"不是不是，我嫁来的时候这间学校就关门了，现在变成老人家聚会的地方。"

"原来是这样。"

"我是这里的管理员。"

妇人恢复笑容，晃着手上的一串钥匙。

"是当义工啊，辛苦了。"

"还好。"

古贺夏生察觉自己失言，乡下人不常听到"义工"这个字眼。不，这座村子应该不存在这样的概念。该做的事情，大家都是自告奋勇完成的。

"管理校舍不容易吧？我看这里的操场和建筑都打理得很干净。"

"也不是我一个人打理的。"

鸟儿从村落飞回山里，红霞满布天空，东方也开始闪耀星辰的光芒。那是东京的傍晚看不到的星辰。

气氛有些尴尬，古贺夏生决定说出自己的心声："不嫌弃的话，要不要聊一下？"

妇人爽快答应，也在石阶上坐了下来。古贺夏生出神地望着她美丽的侧脸，妇人有一双水灵的大眼睛和高挑的鼻梁，那是北国女子的五官特征。

"其实各位的款待，对我来说有点沉重。我不是想抱怨什么，只是很过意不去。"

妇人抱住膝头，用膝盖遮住脸庞，小声地说了一句抱歉。

令人意外的是，她改用标准的日文对答，话中听不出一丝乡下口音："这个村落的人都很长寿，百岁老人就有三位，九十多岁的老人家也不罕见。很多村民都是这间小学毕业的，后来儿童人口不足，学校便决定关掉。不过，大家还是希望校舍保留下来。天哪，我怎么跟你说这些。"

古贺夏生顺着妇人手指的方向望去。"驹贺野町立相川小学"的老旧招牌旁边，还贴了一块标示，写着"相川地区社福中心"。

"没关系，我想听。"

"这些话请你务必保密。"

"那当然，我口风很紧的，况且有保密义务不是吗？"

古贺夏生说了一句玩笑话，妇人脸上却没有笑意。光看她严肃的表情，不难想象她身上的担子有多重。

"我是从仙台嫁来这里的，丈夫是我大学的学长。他决定回家乡务农，我就跟着他来到这里。"

这件事肯定没有她说的那么容易。想必夫妻俩也经历了很多障碍和纠葛，古贺夏生也不打算探人隐私。

"你真的很了不起。"

除了感佩，古贺夏生再无其他感想。不论她来这里的原因是什么，身上背负了何种使命，她确实撑起了这个人口凋零的村落。村子只剩下老年人，她是老年人的支柱，才不是什么义工。

"我没你说的那么了不起啦。"

妇人腼腆微笑，眼睛却望着日暮西山的景象。

"对不起，欺骗别人实在太难受了。"

"千万别这么说，我就是来享受被骗的。"

这里的访客应该不少，古贺夏生自己就是回头客，而且是心甘情愿，没有什么被骗不被骗的问题。古贺夏生想表明心境，却找不到适当的说词。好在妇人似乎听出了她的心意，连连点头。

仔细想一想，这位妇人都能当她的女儿了。古贺夏生对自己的人生感到可耻，她享有被人尊崇的称号和人见人羡的职业，但并非不可取代的人才。

"这间学校以前也有很多小孩吧。"

古贺夏生从石阶上站起来，看着多年来反复上过漆的木造校舍。

"说来你可能不信，我丈夫念这间小学的时候，还有三十多名学生呢。"

那现在呢？现在有多少孩子在驹贺野念小学？该不会已经一个都不剩了吧？

教室的玻璃窗映照着朦胧的夕阳，就像旭日旗一般绚丽。

"你丈夫也真了不起。"

古贺夏生喃喃自语。一个乡下人辛苦念到大学，却选择回家乡务农。这需要多大的觉悟和信念啊！还带着心爱的人一起回乡，真的太了不起了。

"我该回去工作了。"

妇人站了起来。

"咦？太阳不是都下山了吗？"

"我不是那个意思。"

美丽的妇人像小学生一样立正站好，恢复了原来的乡音。

"那好，我走啦，夏生，你自便。"

妇人笑着离开，古贺夏生转头眺望昏暗的蓝天。

她这才发现自己误会了一件事。她站在都市人的立场，赞赏偏乡的真善美。事实上，人口多寡不是重点，大多数人都过着不自然的生活，她自己也不例外，但这群人却过着自然的生活。

当她想通这一点，总觉得夜空降下了神明或天使的圣谕。

"糟糕，我忘了上香。"

回到自己的故乡，照理说应该先到佛坛上香，偏偏古贺夏生不够细心。

"无妨的，你爸还有爷爷奶奶看到你回来，就心满意足啦。"

母亲随口安慰女儿，不用细想就能说出这么巧妙的回应，实在太聪明了。

古贺夏生进入佛堂，正襟危坐。老实说，她根本没有故乡或归宿，英年早逝的父亲跟老家早已断绝往来，母亲的生长环境很复杂，跟埼玉那边的老家也没有联络。

因此，古贺夏生不介意对外人的佛坛上香。她点了香，报告自己已经到家。

那是个又大又旧的佛坛，而且是配合墙面的收纳空间制成的。佛坛的金箔脱落了不少，漆面依旧绽放着光芒。

"顺便点个火，让你爸好好看看你吧。"

"啊，也对。"

古贺夏生笨拙地点燃火柴，用火柴点亮蜡烛。活了六十年连这点礼数都不懂，实在太可耻了。

母亲在地炉边料理火锅，木炭发出爆响，飘出阵阵轻烟，黑夜越来越深沉。

东京的公寓有一座小小的佛坛，里头供奉着父亲的牌位。可叹的是，古贺夏生和生母平日没有合掌膜拜的习惯。她们也不是故意轻忽牌位，纯粹是不想面对父亲不在的事实和悲伤。

现在母亲已经去世七个月了，遗骨依旧放在佛坛上。

古贺夏生不愿把父母的死当成悲伤的回忆，更不愿相信他们已经不在的事实。所以，她会供奉一些咖啡或红酒，却从不上香。

或许是这个缘故，她对母亲去世还是没有太深刻的实感，仿佛母亲还在赡养院一样。

从小她就认为父亲并未身故，而是基于某些原因离开了家庭。虽然只是妄想，但她梦想着有一天能跟父亲重逢。

六岁的时候，她用这种方式拒绝承认父亲死亡；六十岁的今天，她同样无法接受母亲死去的事实。

"妈——"

古贺夏生仰望横梁，唤了母亲一声。

"怎么啦？"

母亲答话时，还悠哉搅拌着锅子。

"这位军人是？"

"啊，他叫文也，是你爸的哥哥。"

按照归乡服务安排的情节，这位军人就是古贺夏生无缘相识的伯父。由于现实生活中的亲人不多，也就更有几分亲近感。

"是哪两个字？"

"文章的文，也好的也。"

文也。古贺夏生不知道文也的姓氏，但这名字很适合这位面貌清秀儒雅的伯父。可能是黑白照片的关系，皮肤看起来才比较白皙吧。

"你伯父长得很帅对吧？"

母亲开怀地笑了。

"妈你认识这个人吗？"

"当然认识，我也是在这个村子出生的。文也他啊，是村里最受欢迎的人。我们两家也有谈到婚配，本来我应该嫁给他的。"

意思是文也如果没早逝的话，母亲就嫁给他了。家业改由文也继承，父亲可能就到东京去了。

所谓的和平，就是生命不受死亡支配的年代，人不会死于非命的世界。想必文也的死改变了许多人的人生。

"文也是在青森的弘前入伍的,搭船前往菲律宾的途中,船沉了。从小在山村长大的人,几乎都不会游泳,根本没机会活下来。"

灯泡微弱的光芒,此刻似乎显得更微弱。

"对不起,让你想起不好的往事。"

"不会,这都很久以前的事情了。"

一个不好的猜想掠过古贺夏生心头。死在大海中的文也,遗骨也没法送回家乡吧?军队送回来的,肯定是空的遗骨箱。

"对不起。"

古贺夏生对着军人遗照,再次表达歉意。

"怎么了,夏生?你有什么好哭的啊?"

古贺夏生不敢说出自己难过的理由。因为怕寂寞,她一直没让生母的遗骨入土为安。

"火锅好了,快来吃吧。"

古贺夏生知道自己应该深切反省:一个没经历过动乱时代的人,却用都市人的优越感来看待这"凋零的村落"。

或许,这位缘悭一面的伯父,也念过那间小学。山村的历史被保留在村民的记忆和血脉中,就算现在已经不用到学校上学,也不会任其荒废。反观自己生长其中的大都市,凡事说弃就弃。真正荒废的是大都市,不是这村落。

母亲用土鸡和昆布熬煮汤头,放入滑菇、蜜环菌、鹅膏菌等山珍炖煮,再加入葱、香芹、切丝的牛蒡。

母亲夹起烤好的松茸。

"来，夏生，啊——"

"啊——"

邻家的老爷爷是采菇高手，唯独采松茸的秘诀不肯外传。

"他连自己的儿子也不教。他儿子千求万求，希望趁老爸身子骨还硬朗的时候多学几招。不过，他说那是山神给予的恩惠，不是拿来私相授受的。想吃松茸，就自己去山里祈求山神眷顾。"

古贺夏生非常佩服那位老爷爷。老爷爷是择善固执，保护难以人工栽培的松茸，确实需要这种敬畏之心。

松茸吃进嘴里齿颊留香，古贺夏生根本舍不得吞下。

"吃松茸啊，还是要配这个最对味。"

古贺夏生听从母亲的建议，喝了一口温酒。五脏六腑尽得滋润，确实对味。

"妈，你也一起吃啊。"

古贺夏生开口之前，母亲都没有拿起筷子享用食物，大概是顾虑到自己的身份和职责吧。然而母亲却又表现得非常自然，实在太体贴细心了。

母亲吃得津津有味，古贺夏生没见过有人吃饭吃得比母亲更香。而且，那还是她自己煮的料理呢。

古贺夏生喝了一口汤，北国的调味比较浓郁，想必是冬天外出不便，所以食物都用盐腌渍的关系吧。人的口味不见得会随时代变迁。

老人家摄取太多盐分有患高血压的风险。不过，跟吃都市的快餐相比还是好太多。

"妈，你量过血压吗？"

古贺夏生试探性地问了一下。

"我很正常啦。"

"很正常？确切的数字呢？"

"反正没啥毛病，也从来没在意过。我身体很健康，都不用看医生的。"

母亲张开缺牙的嘴笑了。

"那你有定期去做健康检查吗？"

"没有，县立医院偶尔会开体检车来这乡下地方。身子不舒服我也会去驹贺野的医院看病，你不用担心啦。"

拉上挡雨板后，古厝就像被封在宝盒里一样安静。

檐廊外围都做了挡雨板，快入夜的时候，隔壁家的老爷爷特地来拉上。要从收纳空间拉出一片片的挡雨板，封住东、南两面的长檐廊，可不是件轻松的差事。换成铝制的窗具比较方便，冬天也更为保暖，但那样会破坏古厝的美感。

"刚才我在小学碰到隔壁的媳妇，她真的好勤劳。"

母亲喝着温酒，点头称是："确实是个好媳妇。一大早就起来干农活，还要去下面的养鱼场帮忙。忙完一天还得去打理学校，都没有休假。"

"那她儿子呢？"

"孩子太有出息也不好啊。她儿子考上东京的大学后都不回家。"

刚才的话题太沉重，母亲有意打断吧。

木制的挡雨板没有阻绝户外的自然气息。外面已经听不到虫鸣声了，也没有风声和树木随风摇曳的声响，然而，外面的确有某种巨大的意志，应该说是神明的气息吧。

"神社境内有一块大石碑呢。"

母亲讶异地睁大眼睛，老人家难得有这么明显的表情变化："亏你注意到了，那是纪念阿兵哥的。"

阿兵哥，是指军人吧，当地人是那样称呼的。

"我想起了那张照片。"

"你说文也？"

"对，我想到了文也伯父，有点难过。"

母女俩望向佛堂的拉门。

"我还纳闷，你怎么突然提起这个，原来是这样。你注意到了那块碑，文也一定会很欣慰。"

母亲慢慢咀嚼松茸，陷入沉思："感伤的话还是甭提了，讲到后来会变成我一个老太婆在发牢骚。"

"妈，说来听听嘛。"

"你注意到那块碑就够了。我叫你经过神社点头致意，不是要你感念里面供奉的神明，真正该感念的是那些阿兵哥。"

沉重的话题不适合对归乡的旅客诉说，母亲一定是这样想的吧。也有可能是信用卡公司的要求。这座村子凋零的现状，确实不适合当谈资。

"妈，我跟你说。"

"怎么啦？"

"我对自己的工作很迷茫。都活到这把年纪了，我却完全不懂生命的尊严，那明明是医学院教我们的第一件事。不对，我不是对工作迷茫，而是对自己的使命感到迷茫。"

"夏生啊，老人家发牢骚，可没有什么人生大道理哦。"

语毕，母亲开始回忆陈年往事，她不是真的要发牢骚，而是要满足客人的要求。

"如果你真的不愿回忆，不用勉强，没关系。"

"不，谈一谈往事，也是在祭奠先人。"

母亲又喝了一杯酒，酝酿说故事的气氛。接着，母亲在炉边缩起身子，谈起了往事。

这是很久以前的故事了。

是啊，真的很遥远，是我这老太婆还在念相川小学时的事，所以真的很遥远了。

某一年盛夏，我们在学校操场做早操，路上有一群人骑车赶路。他们是驹贺野兵役科的人，小孩子都聚在一起七嘴八舌看热闹。

他们是来送征召令的。大家都很担心，生怕自家父兄收到征召令入伍。

当时天气很闷热，大家也没心情上课。放学回家后，看到父兄还在外面务农，小朋友都松了一口气。

不过，征召令一事很快就在全村闹得鸡飞狗跳。没想到，光是那一天村子就收到了七张征召令。据说，连体检不合格的人，还有孤儿寡母的人家都收到了。有的人已经卸甲归田，结果又被征召，而且是第三次收到征召。那时候，每个战区都快战败了，不征召更多民力根本无力回天。

我一听说文也收到了兵单，也顾不得其他人的眼光，直接跑来找他。可是，征召终究是一件光荣的事情，我们是不能哭的。自己的心上人可能战死，我却得装出喜极而泣的样子，恭喜他为国出征。

那一晚，发生了一件奇怪的事情。

村长有一个没嫁人的小女儿，在八幡神社当巫女。她长得很漂亮，肌肤吹弹可破，所以一辈子都要侍奉神明。

三更半夜，巫女竟然挥舞铃铛在村子里大喊。

"神明要出征啦！神明要出征啦！

"八幡神要带我们的子弟兵出征啦！

"天照大神、稻荷大神，还有南部家（旧时代的东北大名）的历代英灵也要一并出征啦！

"神明要出征啦！神明要出征啦！大伙赶快做好出征的准备！"

听说，八幡太郎义家公[①]穿着华丽的战甲前来托梦，还

[①] 即源义家，平安时代武将，因在八幡寺元服，被称为"八幡太郎义家"。——编者注

带着村长家供奉的当地神明，以及南部家家主的历代英灵。

村民一听说八幡神要出征，便忙着做准备。

首先要挑选给神明骑乘的骏马，马鞍和缰绳也装饰得极尽奢华，背上挂着成串的铃铛，以及祭祀用的币帛。最后，村民总算备好了十匹骏马。

在神明出征那天早上，八幡神社境内还举行了祭酒仪式，所有人一起将队伍送到驹贺野车站。

当时都是开飞机在天上打仗，干这种蠢事一点意义也没有，连小孩子都知道，可是我们也没有其他办法。这世上早已没有神佛，我们只能编出这样的故事，来表达对自己父兄被迫送死的委屈。

驹贺野的站台上，只有我一人没高呼万岁。我拉着文也的衣服，只是用手指轻轻夹住，不敢一把揪住。

火车上挤满了去往弘前的阿兵哥。每个村子都只剩下老弱妇孺，我们听说弘前联队要开往中国东北，其实并非如此。山村长大的阿兵哥搭船前往菲律宾，就这样葬身大海，一个也没有回来。

回到村子的只有七个遗骨箱，慈恩院上一代住持收下遗骨箱时，也说不出体面的话，只用袖子遮住脸庞，掉着眼泪说道："神明出征的那一天，我关上山门偷偷目送队伍离去，生怕触了大家的霉头。现在人都死了才开山门相迎，实在太可耻了，请原谅我。"

面对战争，每个人都会流露最真实的一面。

这一代的住持当时还是个小孩子，那天的事他也记得很清楚。他说，这辈子他只有那一次看到父亲哭泣。

哎呀，我怎么讲出这么沉重的话来。也罢，让晚辈听一听，也算是供养先人。

夏生啊，你说找不到工作的意义和使命，其实未必是坏事。如果世人成天忍受病痛，不得不去看医生，那么也就不可能了解生命的意义。所以呢，你不需要烦恼。

明白了吗，夏生？

也许世上早已没有神佛，但人间还是有情。更何况，你就是病人仰赖的神佛，不要妄自菲薄啊。

好啦，今天多喝一点，明天休息够了再离开。

12

———

满 月 夜

"精一，你是不是又胖啦？"

母亲倒着茶水，对儿子表示关心。

"体重没变啊，纯粹是体态松弛了吧？"

老实说，室田精一早就不量体重了。反正结果都一样，也就懒得量。

"你年纪又没多大，在我这老太婆眼里，六十二岁还太嫩。你呀，还青春年少呢。"

室田精一躺在被炉里，点头称是。别人好言相劝他都懒得听，但八十七岁老母亲的说教特别有说服力。

母亲拿了折叠好的坐垫给他当枕头，让他不用枕在自己的手臂上。

"你呀，都这么大了，还不会照顾自己。"

妈，这不是明摆着的吗？其他享受归乡服务的有钱人，肯定都懂得照顾自己。

起居室里放的是普通的电热被炉，手脚放在被炉里暖和以后，身体变得像奶油一样软绵绵的，忍不住就躺了下来。

穿透拉门的柔和光芒照入室内，地炉发出炭火燃烧的声响，房子边上也飘来烹煮菜肴的香气。

室田精一舍不得睡着，但也不想爬起来。这段韵味饱满的时光最适合放空，不该深沉入睡或保持清醒。

"你回来的时间正好，是刻意挑这时间来的吧？"

母亲在厨房淘米，讲话依旧中气十足。

"是刻意挑这时间来的没错。新干线上净是无所事事的老人，但坐到这里就只剩下我一个了。"

"哈哈，你也是无所事事的老人啊。"

"真不巧，我还很嫩呢，你不是说我还青春年少？"

母亲不是一个话多的人，但每句话似乎都经过深思熟虑。用字精妙简洁，又毫不矫揉造作。言谈举止散发着为人母的气息，当儿子的也不用顾虑太多，可以放心当孩子让她照顾。

室田精一就是想在入秋时造访故乡。

来之前，他先收集往年观光地区的红叶信息，推测这阵子可能是红叶最盛的时期，结果还真被他猜中了。抵达驹贺野车站时，他已经确信自己挑对了时机；搭乘公交车来到地势更高的地方，又看到更缤纷的湖光山色。

抵达相川桥的公交车站，室田精一在原地愣了半天。他这才知道，原来自然界有各种不同的红色，包括鲜红色、暗红色、橙红色、胭脂色、赭红色等等，山林中绽放着无限的红色渐层。

室田精一在路上来回走了好几趟，将这片秋季美景烙印在心底，甚至忘了拍照。

现在闭上眼睛，就能想起刚才见识到的秋色。仿佛打开相本回忆过往一样，随时随地都能唤起这片景色。

故乡一年之中最美的时刻，他无论如何都要见识一下。可话说回来，这大概是全世界最昂贵的归乡行程。

室田精一缺乏理财的意识，无奈他已经没人能依靠，只好自己审视财务状况。过去家计都是妻子代管，他连自己的存折都感到陌生。

实际计算过后，他得出了一个结论。存款被妻子拿走了一半，除非未来去当保安，否则收入就只剩下年金。换句话说，他原以为能悠哉度过余生，其实是天大的误会。

日本人的平均寿命是八十岁，他还有二十年要撑。可是，他自认身体健康，不像只能活到平均寿命的人。更何况，医学发展可谓一日千里。

十年前，他听说全国的百岁老人有四万，简直难以置信。如今，百岁老人已经超过八万了。那么，二三十年后又会是什么样的光景呢？三十八年后自己成为百岁老人，似乎也是理所当然的事情。

女儿都嫁人了，依靠她们也说不过去，离婚的妻子就更不用提。日子真过不下去，干脆卖掉房子算了，但他看了夹在报纸里的房地产传单，才惊觉附近的地价跌得很厉害。

换句话说，室田精一应该尽量省吃俭用，免去一切多余的开销。其实，不必妹妹和好友提醒，他也知道一年会费三十五万的黑卡，绝对是其中最多余的一笔。

服务再顶级都是虚的，没什么值得留恋的好处，就算有也是浪费钱。

存折上的记录显示，黑卡的会费于去年十二月十日扣除。照这时间推算，要尽快解除信用卡条款才行。不过在此之前，他要体验最后一次的奢侈享受。在群山换上缤纷色彩那一天，回到母亲守候的家乡。

预约马上就核准了。一晚要价五十万的超高级旅行，似乎没有旺季这回事。应该说，有钱人不会特地为了当季的美景或美食才旅行，他们不只享有财富和时间上的自由，连灵魂都是自由的。

"精一啊，晚上煮好吃的肉给你尝尝。"

"有肉啊！真不错。"

"牛肉和猪肉是这里的名产，前泽牛和白金猪都很好吃。"

在地炉边享用高级肉品的烧烤，室田精一听得肚子都饿了。也对，总不能一直用乡下料理招待花大钱的回头客。

"妈，不用勉强，没关系。"

"儿子一年才回家一次，哪有什么勉强的。"

"可是，那些肉很贵吧？"

"不会。"

这下可好，自己完全沉浸在母子对话的情境中，花五十万来住一晚的人，哪里会想到价格的问题？

室田精一躺在被炉里，背对着母亲说道："妈，我现在得靠年金过日子，过不起奢侈的生活了。"

洗菜的声音停了下来。室田精一回头，看到母亲落寞的背影。

"呃，我不是有什么不满，只是我花不起这笔钱了，真的只是这样而已。"

室田精一不小心谈到禁忌的话题。在这间空荡荡的房子里，这对没有血缘关系的母子都有各自的顾忌。

母亲沉思良久，背对着儿子说道："其实，只要你每年回来让我看一眼就好，不要说这么丧气的话。"

如果这是做生意的话术，绝对没有比这更好的说法。

可是，如果是真心话呢？转念及此，室田精一再也说不出话了。

大概是自己多心。不过，母亲总不会抛弃一个失去工作和家庭的傻儿子吧。

室田精一翻过身仰望屋顶，和室外面的屋顶没有装天花板，可以直接看到茅草屋顶和木制的横梁，和室内则有搭天花板，只不过都泛黑了。屋内的主梁柱上还设了神龛。上面供奉鲜嫩的红淡比①，体格娇小的母亲是怎么放上去的？

在那一刻，室田精一想起了父母。

不是隔壁佛堂里的父亲，也不是站在厨房的母亲，而是亲生父母。

_____

① 一种新嫩的绿叶。——译者注

不去祭拜亲生父母，反而寻求一个不存在的故乡，对着外人的佛坛上香，甚至认外人当母亲，室田精一没有丝毫抗拒感。因为他很清楚，这只是一种非日常的特殊体验，就好像布置精巧的度假旅馆，或是大人也能乐在其中的主题乐园。当然，这项服务安排得十分细致巧妙，令他不由自主沉迷其中。

作为儿子，室田精一不认为父母的人生有缺憾。所以，归乡服务对他来说只是一种奢侈的享受，并不违反亲情人伦。

然而，当他望着被烟雾熏黑的天花板，却开始怀疑父母是否真的幸福。

父亲年轻时没有被征召入伍，但也接获工厂的劳力动员令，想来吃了不少苦。战后又去进修念大学，毕业后在大型的金属制造企业做到退休。

父亲是高度经济成长期典型的"拼命三郎"，那年头薪资水平应该涨了二三十倍，而且退休年限延长到六十岁，照理说，正好该在泡沫经济时代领到大笔的退休金，但室田精一不敢确定金额多寡。

父亲退休后的那十五年，每年都会带母亲去海外旅行两次，每个月也会享受奢华的温泉旅行。除此之外，还有一堆杂七杂八的开销，最后几乎花光所有的积蓄，只留下不动产继承所需的遗产税额。室田精一很好奇，父亲是怎么把钱剩得刚刚好，简直神乎其技。

俗话说得好，不留万贯家财才是真正为子孙着想。这种说法似乎太过美化父亲的行为，但父亲长年来负责会计业务，处理得这么恰到好处并不意外。

父亲去世才两年的光景，母亲也跟着去了。这对昭和时代的夫妻，俨然是夫唱妇随的最佳写照。

室田精一不认为父母的人生有缺憾，他们的人生根本挑不出一丝毛病。当然，亲子间也有一些常见的争执，但跟完美的人生对照起来，纯粹是不值一提的小误会。

可是，事实真是如此吗？说不定父母只是完美呈现了一个幸福家庭的样本罢了。也许他们人生最后的十五年过得非常优雅，但在外地旅游终究是异乡人。生活乍看之下多彩多姿，却永远循规蹈矩，不敢逾越样本家庭的规范。

"精一啊。"

"怎么了？"

"我刚才说了些莫名其妙的话，你别放心上啊。"

室田精一找不到恰当的答复，只好用半开玩笑的语气，表明他没放在心上。日常话语根本不适合用来回答，偏偏生活中惯用的只言片语，在这时候却完美嵌合。

"这样啊，没放心上就好。"

"嗯，没事没事。"

父母当真幸福吗？还是说，他们只是把制式化的幸福，当成了真正的幸福？

室田精一想起妻子要求离婚时的冷漠表情。

难不成，妻子拒绝在一成不变的样本家庭中安度余生？

所以她在说明离婚原因时，只好将此归咎于毫无过错的丈夫。应该就是这么一回事吧？

妻子离开了样本家庭，前往外面的世界。而这个意外的反叛行为，令丈夫也失去了优雅度过余生的机会。

换句话说，妻子不想过上公婆一样的人生。

终于要吃肉了。

烧烤用的铁网就架在地炉上，已经有几块肉在烤。

是前泽牛的肩肉和脊肉，以及带有纯白油花的白金猪肉。加起来总共一公斤左右，不是两个人吃得完的量。

配菜是松茸和灰树花，都是邻家老爷爷采来的。

没有其他多余的配料反而更好。这么单纯的菜色称不上烧烤，调味也只有盐和胡椒。

"妈，还没好吗？"

"还没，你这孩子真没耐性。"

"不是嘛，我喜欢吃生一点的肉。"

"不行就是不行。一定要烤到里面都熟透了才行。"

"你都吃全熟的啊？"

"没错，我保证一定好吃，你再忍一忍。"

"妈，还没好吗？"

"好了，先吃牛肉吧。"

母亲夹了两块全熟的厚切牛肉，撒了一点盐和胡椒。

室田精一尝了一口赞叹不已。炭烤的香味首先扩散开来，绵软的肉质入口即化，盐衬托出回甘的滋味，胡椒的味道蹿上鼻腔。

"好吃吗，精一？"

吃到好吃的东西，真的会让人打从心底欢笑。室田精一总算领悟，人类是为了吃东西才活着，享受饮食的欢愉。

"太好吃了。"

室田精一说的不是客套话。因为他知道，如此美味不单是肉质、火候、调味的关系。

母亲满意地点点头："你平常有没有好好吃饭？"

室田精一没有透露自己的私生活，但母亲似乎早就看穿了一切。

"有的，不用担心我啦。"

"自己一个人，饭还是要好好吃啊。"

"都跟你说不用担心嘛。不好意思，给我一块猪肉。"

室田精一担心，自己是不是在申请书上写了多余的信息？或者，跟客服联络的时候，是不是不小心抱怨了生活琐事？应该不会的，信用卡公司不会介入客户隐私到这个地步吧？

这猪叫白金猪，室田精一只听说过，还是头一次品尝。

"天啊。"又是赞不绝口，之后是同样发自内心的欢笑。

"妈，这肉没有特别处理过吧？"

"都没有，只加一点盐和胡椒。"

"没有先加点什么入味？"

"都跟你说没有了。"

母亲盛了一些松茸和灰树花，又撒了一点盐和胡椒。这次是山珍，山珍要来了。

"我说精一啊。"

"又怎么了？"

"最近不是有一些很方便的食物吗？好像放到微波炉里，或是用热水加热一下就能吃的东西——"

室田精一听得心虚，信用卡公司不可能知道他家冰箱里有什么。

"最要命的是，那种食物味道还不错。方便固然是好事，但光吃那些东西还是不太好。"

妈，你说得太对了。"罗马假期"真的每天吃都吃不腻，是我们单身人士的依靠啊。

"还好吧，我不觉得哪里不好。好吃又方便，又标示了卡路里，至少比去外面餐厅吃健康多了。"

"话不是这么说，饮食的价值不是那些。"

母亲哀伤地望向佛堂："人只有活着的时候，才能享用食物。不要小看吃饭这件事，该下的功夫不能省。我们拿食物祭拜先人，不是要请先人享用，而是要让他们知道，我们有好好吃饭照顾自己，请他们不用操心。听好了，精一。人只有活着的时候，才能享用食物。"

母亲在教儿子重要的道理。人不是为了活下去才吃东西，吃东西本身就是活着的象征。

大概是想起去世的丈夫了，母亲用袖子擦擦泪水，为自己的失态道歉。

那天晚上，母子俩痛饮到深夜。室田精一打开挡雨板，想吹吹晚风醒酒。皎洁的明月高挂在秋高气爽的夜空。

室田精一接下来讲的这番话，跟酒精或美景带来的感动无关："妈，我们两个一起生活怎么样？"

母亲愣住了，宛如被告白的少女一般："谢谢你啊，精一。"

母亲好不容易才说出这句话。之后仰望高悬的明月，潸然泪下："可是，我没法答应你。你的好意，只能心领了。"

光秃秃的柿子树划开深蓝的夜空。月光洒落在慈恩院的屋顶上，更远处的内陆盆地上，看得到一整片干涸的田地。

母子俩坐在檐廊边，室田精一抱住母亲的肩头："我现在无拘无束，可以卖掉东京的房子搬来这里。你不想跟我一起住的话，我另外找房子也没关系。跟村民相处一定没问题的，我很擅长与人打交道。"

母亲依旧摇摇头说："我不是怀疑你办不到，只是，我真的没法答应。"

"为什么？你就当儿子去东京打拼了大半辈子，现在退休回乡，不就得了？"

这个谎言只要持续一二十年，大家就会忘记了，母子之间也不会认为这是谎言。

"精一啊，接下来说的话我们自己知道就好。"

"嗯，我不会说出去。"

"人家公司给了我钱。也不只是给我，公司给了我们全村人赚钱的机会。"

"我知道，这是正当的酬劳。"

"可是，没经过公司同意，我们不能擅自招揽客人。"

"合同规定的吗？"

"没有，我们没签那些麻烦的东西，毕竟那么复杂的玩意，我们也不懂。"

原来这套归乡服务还没有完善的体系。信用卡公司只是把美国的成功经验，拿来日本试用罢了。没错，就好像药物的人体实验阶段。信用卡公司没有跟村民签约，目的只在收集试验结果。

那么，这样的结果不也是重要的数据？

只是要对母亲说明太困难。

"没有合同，公司就没资格干涉你们。"

"不，不能这样做。不行的事情就是不行，恩将仇报是要不得的。"

"妈，你误会了。听好了，妈，企业没有你想的那么高尚。他们只会利用人来牟利，没利用价值的就被一脚踢开。企业不会替你着想，也不会替村子着想，这是不可能发生的事情。不过，我是有血有肉有感情的人，不是冷酷无情的企业啊。"

母亲靠在儿子的肩膀上，听到后来抽着鼻子，甚至捂住嘴巴啜泣。室田精一这番话，让母亲哭了。

他的亲生父母太完美，仿佛把一切都算好了一样，子女甚至没体会到看护的辛劳。也因为这样，当儿子的心中总有些遗憾，或许妹妹也有一样的念头。

然而，这位老母亲住的村子并不是乌托邦，无法在围篱中追求特定的幸福。

也不知道信用卡公司是怎么和偏乡扯上关系的，但这座村子几乎没有未来可言，所以世界顶级的信用卡公司随便提个企划，他们就当作神佛赐下的恩泽。

老人家舍不得叫子女回偏乡，又不愿离开村落去依靠子女。村民无法想象自己离乡背井去外地生活的模样。

卖掉东京的房子，把祖坟迁到慈恩院，回到这片乡土孝敬老母亲，一圆无法孝敬亲生父母的遗憾，这究竟哪里不妥？

"精一啊，你喝醉了吧？"母亲不再靠着儿子的肩膀，"今天月亮真美啊。真的，太美了。"

"我没醉。"

"不，你醉了。"

"我没醉。"

"那好，我们继续喝吧。"

母亲吆喝一声站起身来，牵起儿子的手。

粗糙的手掌和粗厚的指节上，布满岁月的刻痕。

"精一啊，你说自己没什么可指责的，说不定那是你的一厢情愿。也许在老婆眼中，你有一些难以忍受的缺点。"

喝完酒要就寝的时候，母亲在拉门外说出这段话。

室田精一借着酒力，向母亲说出了满肚子委屈。

"不过，自暴自弃颓废度日，这样不好。"

"我没有自暴自弃，我也在考虑自己的未来。"

"是吗？看起来可不像。"

室田精一原以为，只要说出自己的处境，母亲就会答应他迁居的要求。没想到，母亲坚持不肯同意。

"没区别的，我直接搬过来就是。"

"这里的生活，没你想的那么悠闲自在哦。"

室田精一对此也有觉悟。可是，他宁可过上辛苦又不自在的乡间生活，也不想整天把自己关在日渐荒废的老家，等待不可能回心转意的妻子，还要忍受邻居的指指点点，生怕给女儿添麻烦。最后活着就只为了打发时间，没有比这糟糕的余生了。

"你想一想自己几岁了，搬来也只是多一个累赘。"

有必要讲到这个地步吗？这应该不是母亲的真心话。信用卡公司为偏乡带来了利益，母亲主要还是不想背信。

"我困了。妈，晚安。"

"晚安，祝你有个好梦。"

没一会儿就传来母亲酣睡的声音，今晚似乎听不到故事了。

梅雨过后的周末，妹妹回到家里，说了一件令人意外的事情。

妹妹先把老家打扫干净，才顶着严肃的面孔坐到大哥面前。室田精一有点触动，现在的妹妹看起来就是即将退休的语文老师，跟他四十五年前念高中时看到的老师简直一模一样。

"哥，我们家那口子还没退休就已经在摆烂了。所以，我不是看不惯你的邋遢才来打扫，纯粹是周末不想待在家里。老实说，我想一直待在这里。"

这家伙在胡说八道什么？室田精一瞪了妹妹一眼，她该不会是想跟丈夫离婚，跑回娘家生活吧？

"喂，小林是个正直的好人，你不要伤害人家。"

妹妹先是一惊，接着不晓得在想什么，竟然哈哈大笑起来。她对自己的学生、丈夫，乃至孩子，都不会流露这样的反应。

"很遗憾，我没有大嫂那么无情。应该说，被大嫂抢先才是我的遗憾吧。"

妹妹说出这番话时，伸出手指在室田精一面前比画了两下。

这家伙上课一定很不好懂，想必只会辅导优等生，根本不管笨学生的死活。

"上周日，我去了一趟你很着迷的故乡。"

这次换室田精一讶异了，但他笑不出来："别乱来好吗？这跟你没关系吧？"

"牵涉到扫墓的事,就跟我有关系。放心,我没有花五十万去那里住一晚。"

"你去干吗?"

"还用问吗?去看看那里的墓地啊。我没有给人家添麻烦,你不用担心。"

妹妹收敛笑容,手指抵在额头上斟酌用词:"你想怎么办就怎么办吧。我不支持你,但也不反对。"

说完这句,妹妹就匆匆离去了,似乎不愿意多做讨论。

室田精一生性优柔寡断,本来也没有真的下定决心。不过,他品尝到一种前所未有的孤独感。

曾经住在这里的家人都不见了,连唯一支持他的妹妹也弃他于不顾。这是千真万确的事实,如今室田家的户口上只剩下一个"室田精一"。妹妹对哥哥的决定不支持也不反对,这结论也算果断明确。

"妈。"

室田精一在黑暗中侧过脸,小声地呼唤母亲。可惜只听到平稳酣睡的呼吸声,并没有回应。

母亲刚才说"祝你有个好梦"。可是没有任何梦境比这现实更甜蜜了。

"早安哪,今天天气真不错。哎呀,精一,你还在睡?"

邻家的爷爷打开檐廊的挡雨板,拉门染上了曙光的色彩。

"啊，我起来了，早安。"

来这里开关挡雨板，似乎是这位老爷爷的使命。东西两面共有十多块挡雨板，每天早晚都要收放，肯定不是轻松的差事。

"故乡"的日常生活，必须保持最自然最真实的面貌。换句话说，邻家的老爷爷每天早上都会不辞辛劳跑来，直接进入屋子打开挡雨板。

"一直以来承蒙关照。"

室田精一对着拉门外的老爷爷道谢，老爷爷停下收拾的工作，显得有些困惑，只说了一句不客气。"不客气"这三个字，真是好用的回答。

"早安，妈。"

室田精一穿上棉袄进入和室，坐在地炉边取暖。地炉边上摆了一杯温度适中的茶。换句话说，客人听到老爷爷活动的声音清醒后，就能享用事先准备好的早茶。

"早安，昨晚睡好了吗？"

"嗯，睡得很好。"

"饭就快煮好了。"

现在家家户户都有先进的家电，早已闻不到清晨该有的气味。室田精一小时候住在东京的老家，早上同样有这种煮饭的香气。

室田精一喝着茶，顺便打开拉门，欣赏朝阳和群山相得益彰的美景。

邻家的爷爷不见了,或许配角只会在必要时出现吧。

"精一啊,你不冷吗?小心感冒。"

"冷归冷,这样的美景不能不看。"

室田精一把整扇拉门打开,回到地炉边坐了下来,欣赏这幅门框中的风景画。看到这样的美景,他才明白日式建筑中不适合摆放椅子。

望着璀璨的锦绣风光,室田精一突然有个疑问。

倘若归乡服务还在测试阶段,怎么可能只靠村民运作呢?万一村民和访客发生争执,或是有人生病出意外,这些问题都必须尽快处理才行。

而这座村子似乎也没有村公所或派出所,可能连医生也没有。在这种条件下,把所有工作交给村民处理,风险未免太大了,不符合大企业的行事规范。

信用卡公司一定指派了管理者或负责人吧。

难不成是邻家的老爷爷?怎么可能。

老爷爷的儿子和儿媳妇都很勤勉,平日也会来关照母亲,他们比较有可能吧?

至于在公交车站旁边,亲切招呼来客的酒铺老板娘呢?那一带只有她家的店铺开张,她也很可疑。

不对,那一带沿路有不少废弃的民宅,信用卡公司可以租二楼当事务所,从窗口观察古厝的情况。

这里该不会有收音和监视器吧?如果真的有,那已经不是行事规范的问题,而是根本侵犯了个人隐私。

"你怎么在发呆啊，精一？"

母亲端了一盘酱菜过来，有白萝卜、白菜、山药，都是母亲亲手腌渍的。

"要喝点酒缓解宿醉吗？"

"不用，我喝茶就好。"

室田精一又倒了一杯茶，母亲凝视着儿子的侧脸："你这孩子啊，从前就愣头愣脑的。"

母亲好像很了解室田精一的童年似的。确实，室田精一生性温暾，脑袋也不太灵光。这样的性格特质，其实并不适合当业务员。

不过，他记得没有在归乡服务申请书上写下这些内容，更没有对客服人员提过。这么说来，母亲的观察力也太敏锐了，真了不起。

"不过，愣头愣脑也没什么不好。毕竟在东京生活，总是要承受不小的压力和紧张情绪吧。"

母亲大概在每位访客身上都感受到了都市人的压力。让访客的心灵放松，就是母亲的待客之道。

跟其他访客相比，室田精一认为自己算是比较特殊的类型。其他有钱的访客，应该不会愣头愣脑。

那也难怪啊，妈。这张黑卡本来我是用不起的。

四周只听得到鸟叫声，但室田精一不晓得那是何种鸟儿。

酱菜的滋味和茶水的涩味，在口中融为一体。室田精一感觉自己这辈子都活在一个杂乱的世界，所有的颜色、形状、气味、声音、味道，没有一样是清晰鲜明的。

室田精一拿出腰包，掏出一张没有标示职衔的名片。

"妈，这是我的电话号码，有事你就打给我。没事也可以打给我，只要你寂寞了就打这个电话吧。"

母亲收下名片，不知所措地搓揉自己的手背。

"可是，我的电话号码没法给你。"

"嗯，没关系，你寂寞了随时打给我。"

"我不寂寞呀。"

"怎么会不寂寞。妈，我永远是站在你这一边的。"

母亲又感动得哭了。她一定是真的把自己当成了母亲，将一个素昧平生的男子视如己出，才会真情流露吧。

室田精一又抽出皮夹，拿了几张万元钞票塞给母亲。

"不行，我不能收。"

"妈，就当孝顺你的。"

"真的不好吧。"

其他的访客应该也会给小费或零用钱吧。每次母亲收到这些钱，想必也会在真实和虚拟之间激烈拉扯。

母亲推了老半天，最后才勉为其难地收下。

"谢谢你啊，精一。"

看着母亲泪汪汪的眼睛，室田精一感触良多。这位老婆婆的一举一动实在太美了。

13

回 暖 花 开

"现在说这个或许早了一点，总之感谢你这一年来的辛劳，明年也要麻烦你了。"

"社长，感谢您的款待。"

今年冬天很温暖，窗外的蓝色灯饰看起来甚至有些不协调。

二人先干了一杯。年底有各式各样的宴会要参加，松永彻趁行程还没排满，先招待敬业的秘书共进晚餐。当然，这次招待很难界定是公还是私，秘书可能不太自在，但松永彻纯粹是想表达谢意。

"这家店真不错，是社长您的私房餐厅吗？"

"让你预约就称不上慰劳了。"

"那我以后预约这家店招待客户可好？"

"你订不到的。"

宽敞的包厢还设有暖炉，二楼窗户的位置跟行道树差不多高，但除了灯饰以外没有其他的光源，也听不到外头的喧嚣。

"不是我专程找的，是信用卡高级会员的专属特权。"

松永彻公布谜底，品川操刻意做出惊讶的反应。平时品川操没什么表情变化，大概是太在意身为秘书的职责吧。

"所以，信用卡公司会替高级会员预约一位难求的餐厅？"

"我其实不太常用，只是打个电话问了一下，他们就帮我预约到这家店了。"

"这服务真了不得。不管高级会员是否用到都会支付店家整年费用吗？"

"我也不知道。应该不可能付全部的用餐费，但会补偿预留席位的费用吧。"

预约招待宾客的场所，也是秘书的重要工作之一。而且，品川操从不预约同一家餐厅，因为社长经常要参加宴会，这么做也是考虑到社长的胃口。

开胃菜送来了，服务生也没多做说明，一尝就知道这家店专门招待饕客。

"我说，你没有计划吗？"

松永彻找不到话聊，又担心被当成骚扰，话也不敢讲得太直接，怕让人误会。

"我是指结婚计划，你没有恋人吗？"

松永彻改用直截了当的说法。唉，这世道要顾忌的事情越来越多了。

之后，他又补充一句："是这样的，像你这么优秀的人才很难找人代替。所以，如果你有结婚打算，我想事先知道。"

品川操莞尔一笑。看样子她真的误会了，也有可能是松永彻问得太笨拙。

"社长，那您没打算结婚吗？"

松永彻连想都没想，直接回答："我都几岁了还结婚啊？其实我的生活，没你们想的那么孤单。"

这种问题谈起来根本没完没了，但自己一个人，总比照顾家人轻松多了。应该说，面对死亡这个无法逃避的命运，临死时的环境和条件根本不值一提。

不过，这是松永彻自己的领悟，无法告诉别人。而且这种话在别人听来，肯定有种酸葡萄心态。

"我不认为现在结婚太迟，也不觉得单身是严重的问题。现在这个时代，结婚未必就是幸福。每个人衡量利弊得失后，都有权选择自己的人生。"

这很像品川操会说的话。松永彻四十岁的时候，完全没思考过这些问题。他只是顺其自然，时间就这样一去不回头了。

"父母唠叨是免不了的，幸好现在也不流行相亲。只是，家父退休以后，耳根子真的很难清净了。"

"如果你父亲也是上班族，那他应该能理解你的难处吧？"

"不，在他那个时代，女性结婚后就得辞去工作。事实上，家母也是结婚后就辞职了。因此家父一直认为，我这个女儿就是嫁不出去，才会一直忙于工作。"

"真令人意外，看不出来你是在保守家庭长大的。"

"或许我是故意唱反调，不想过既定的人生。"

"你父母的心情我也不是不能体会，我也是同一个时代的人嘛。"

聊了一会儿，彼此似乎抓到了该有的距离，相处起来也轻松多了。松永彻心想，假如自己过的是循规蹈矩的人生，现在也有个跟品川操一样大的孩子。

"我要是有儿子，真希望他能娶到你这种媳妇。"

"我结婚以后，您也要我辞职吗？"

"不，儿媳妇当秘书又没关系。"

"一定要当儿媳妇吗？"

这玩笑话听起来有些不妥，松永彻来不及细想，正好下一道菜送上来了。

"对了，社长——"

品川操用餐巾擦嘴，仿佛要收回自己的失言，顺便换了话题："关于信用卡高级会员一事，我个人有些想法。"

松永彻思考过，不晓得新年期间能否使用归乡服务。照理说是不可能的，但终究值得询问一下。毕竟，那可是在美好的故乡迎接新年到来。可是他又不好意思打电话去问，只好对品川操说明归乡服务的概要，请秘书帮忙预约。

能干的秘书用松永彻的电子邮件预约，但客服要求提供本人录音。还明确表示，一定要会员本人提出要求才能受理。

老实说这也不打紧，但品川操的疑虑出乎他的意料。

"我要说的，是那位客服人员吉野小姐。"

"哦，她应对进退得体，挺不错的对吧？"

"她有没有可能是人工智能呢？"

人工智能？不会吧？但松永彻缺乏足够的知识否定这个推论。再者，品川操说话一向谨慎，她的猜测一定有某种确切的依据。

"她对话很正常啊。"

"先进的人工智能有学习功能，会自动积累学到的知识，进行合理的推论。我们公司的客服中心，也有同等的人工智能在应对客户需求。"

松永彻听不懂这些高科技的玩意。然而，身为经营者不能说"不知道"或"不晓得"。品川操应该也知道，松永彻听不懂她说的话。

"你的意思是，客人的要求都是机器人在处理？"

"是，当然也不是真的有个机器人在工作，不过这么说也没错。"

松永彻望向窗外的灯饰，品川操一定看出他心绪动摇了吧。

"社长，您见过吉野小姐本人吗？"

"没有，预约服务用不着见面啊。"

"也对，您确实没必要和信用卡公司的客服见面。"

大部分的高级会员，应该不是用语音预约吧。觉得打电话比较省事的，大概也只有松永彻这个年纪的人。愿意花五十万元去乡下住一晚的，也都是这个年龄层的人。

"不好意思，社长，我帮不上您的忙。那么，您预约到了吗？"

"还没有。我也不是一定非要预约才行。只是新年去乡下睡几天也不错，你新年都干吗？"

"也是在老家睡觉。"

"不是说父母会唠叨吗？"

"再怎么样也不会大过年就唠叨。况且，他们也知道我不会有好脸色。"

"抱歉，不该介入你个人隐私的，当我没说吧。"

松永彻用的是旧式手机，他懒得每次都用手机输入十五位的信用卡号码。用电脑输入应该简单许多，所以输入号码的工作就交给秘书。不过，要拜托秘书帮忙，得大略说明归乡服务的内容。

也不晓得品川操听懂了多少，只见她依旧面无表情，默默地登入社长的账号，对信用卡公司的客服提出要求，结果被拒绝了。

归乡服务的经历，很适合拿来当吃饭时的谈资。松永彻讲得诙谐逗趣，品川操了解更多内情后，也对每个细节表示惊讶与赞叹。

"这件事你知道就好。万一其他人知道了，可能会怀疑我的人品，以为我这单身男子有什么见不得人的嗜好。"

"是，我会当成最高机密。话说回来，这服务真了不起，不愧是联合信用卡公司，这就是世界第一的水平吧。"

品川操的表情比较柔和了，想来是酒力发作的关系。她有在美国企业任职的经验，所以松永彻老早就想问她，对归乡服务有什么感想。

"这个嘛，也许这套商业模式在美国很成功，但也不可能直接套用在日本。信用卡公司没有做宣传，服务又缺乏媒体的关注，应该还在试验性阶段吧？"

试验性阶段，这个词松永彻知之甚详。公司的新产品会先分送到全国的特定店铺，收集三个月的销售数据。其间不会进行宣传或公告，就只是试验性发售。没达到贩卖的基础额度，就不会大规模生产。

"可是，归乡服务跟料理包是两回事，总不可能没生意就直接收摊吧？"

品川操立刻给了答复："商品单价越高，消费者的数量就越少。如果单价高的服务无法达到基础额度，那只要各别应对少数的客户就够了。况且，归乡服务卖的不是有形的商品，而是无形的服务，客户也很难抱怨什么。像这种试验性的服务，对高级会员来说反而是一种乐趣。"

也对，听品川操这么一说，松永彻才想起自己看过一些特殊的服务简介。

比方说，会员可以在高级精品店打烊后包场消费，或者包下私人客机前往海外旅行，参观还没开馆的博物馆，一睹歌舞伎或相扑的后台，等等。

不过，这些都不是"商品"，而是号称高级会员专享的"服务"。

"另外，我认为信用卡公司推出归乡服务还有一个用意。"

"哦？说来听听吧。"

"现在日本的城乡差距太大了，恐怕其他国家都没有这么严重。资本和人口都集中在大都市，偏乡却不断凋零。问题是，医疗服务和社会福利必须维持均衡公平。因此，未来参考这套系统推出制式化的服务，就能获得政府或自治团体的补助，联合信用卡公司也能赚到一个美名。尤其跟其他信用卡公司的高级服务相比，这项服务有机会做出与众不同的市场定位。"

果然，这样的人才被关在秘书室太可惜了。但也因为她太优秀，松永彻舍不得放手。

还有一件事松永彻很在意，那就是客服到底是不是人工智能。

松永彻成为高级会员——将信用卡升级成黑卡，算一算也有十年了。这十年来，客服始终都是那位"吉野"。寄来家中的邮件里也常附有吉野的名片，全名好像是"吉野知子"。当然，他们没有见面的必要，松永彻也不知道对方的长相。

可是听了品川操的推测后，松永彻确实想起一个疑点。每次他在服务时段打电话，从来没有客服忙线或不在线的情况发生。他并没有经常打电话联络客服，但曾在打高尔夫时

临时预约晚上招待宾客的餐厅，而且他使用归乡服务的时间
都是周末，要说客服排班的时间很巧，那也说得通。但对方
若是人工智能，根本就不需要休假。

人工智能，这词听起来就冷冰冰的。松永彻跟那些从小
接触电脑的人不同，这种现实在他眼中就像科幻小说一样。

他不是真的跟不上时代，纯粹是摆脱不了对它的抗拒感
和负面印象。

主菜送上来的时候，电话也刚好响了。

"抱歉，我接个电话。"松永彻也没离席，直接拿起手机
接听。在包厢里跟秘书吃饭，讲电话也没什么好顾忌的。

"夜晚打扰实在万分抱歉，这里是联合信用卡高级会员客
服，敝姓吉野。松永彻先生，您正在用餐对吗？可否耽误一
下您的用餐呢？"

这时间点也太巧了，松永彻对品川操使了一个眼色，接
着说道："谢谢你特地打来关心，这间餐厅我很满意。"

品川操放下刀叉，可能是她直觉料到有事要发生了吧，
松永彻也点头回应："正好，我想预约归乡服务，看能否在乡
下过年，现在预约还来得及吗？"

客服沉默了一两秒，给人一种不安的气息。松永彻倒是
没放在心上，讲话慢条斯理大概是客服必须遵守的规范吧。
或者，人工智能正在这短暂的几秒内，挑选合适的应答。

"松永彻先生，我们可以为您准备其他的接待家长和
乡土。"

咦？这提议有点怪。不是说接待家长和乡土是不能更改的吗？还是说新年的时候例外？

"我想保持原样就好。过年那几天不行的话，一月七日之前有哪天方便吗？"

客服又沉默了几秒，以前她从来没有停顿这么久。

"喂？你还在吗？"

"是的，抱歉失礼了。松永彻先生，这次联络您不是确认餐厅的服务质量，而是要告诉您，您使用过两次的归乡服务，将要变更服务的内容。"

松永彻忍不住起身走到窗边，茫然望着冬季街道上的人造光源。

"今天，相川村的接待家长不幸去世了。因此，未来您将无法使用同一处情怀乡土，还望见谅。当然，我们也准备了其他的舞台等您造访，绝对让您满意，请您日后也多多支持。松永彻先生，您有什么疑问吗？"

各种复杂的情感，在这一刻化为无奈的叹息。瞧松永彻落寞垂首，秘书走到他身旁表示关切。

"没有，我没什么要问的，感谢你来电通知。"

"不客气，那我们静候您的联络。这里是联合信用卡高级会员客服，敝姓吉野，将竭诚为您服务。"

客服的口吻很恭敬，电话却挂得又快又无情。

"你的猜测应该是正确的。人工智能再怎么进化，终究只是机器。"

他看着两人在窗上的倒影，原来品川操的体格是如此娇小。

应该没有年近花甲的医生值夜班吧。

至少古贺夏生就职的心血管专科医院，没有这么年老的医生值夜班。值夜班的医生要有足够的体力，来应付紧急送医的心脏病患者。

古贺夏生值夜班有几个原因。首先，她在照顾生母的那几年，欠了不少排班和调休的人情；再者，她已经决定跟常人一样按时退休，所以明年夏天的生日之前，要好好工作，画下一个完美的句点。

都已经十二月了，天气还是很温暖。医院入口处种植了枝垂樱，此时竟然开花了，委实令人惊讶。

全球变暖的问题日益严重，但对心血管医生来说，气候温暖是值得高兴的事，因为心脏病和气温有明显的关联。

夜班是下午五点到第二天早上九点。下午四点半要先到住院区，跟日班的医生交接。尤其加护病房的病患状况，更是交接的重中之重。

医院都在下午五点半配餐，值班医生也会拿到医院准备的伙食，检查食物卫生和试吃也是医生的工作。

晚上九点是熄灯时间，其实也没有完全熄灯，顶多减少一半的光源而已。好在不管时代如何演变，病患总是会乖乖遵守规范，熄灯后的医院静悄悄的。

古贺夏生在护士站用电脑查看病历表。值班医生不过十二点是不会去休息的，深夜时段急诊的病患特别多。而且人在睡眠时血压会下降，不少病患都是在就寝时病况恶化。

救护车前来多半集中在两个时段，最多是在上午十一点之前，这段时间刚好是人开始活动的时刻；其次是晚上八点以后的洗澡时段。

日班医生交接时，提到今天有两名患者去世了。一位是救护车送来的心肌梗死患者，到院时已无生命迹象。另一位是在加护病房的老先生，由于迟迟无法恢复意识，家属不愿再接受延命治疗。

看病历表上的记录，这两名病患救不回来实属无奈，负责救治的也都是值得信赖的好医生。

"今天似乎挺忙的。"

古贺夏生用自言自语的口吻，有意无意地提了一句。

"好像是吧，明明天气这么好。"

答话的护士长跟她关系不错，两人年纪也差不多。护士长结过婚，目前单身，她的独生女嫁人以后，她回医院上班，夜班人手不够也会支持。

"走了两名患者，不能轻忽大意啊。"

"是啊。不过，普通病房的患者应该没问题。"

"不能轻忽大意是什么意思？"年轻的护士转过身来，力道之大，连椅子都发出了声响。

"年轻一辈似乎不知道，要告诉她们吗，医生？"

护士长面带苦笑，询问古贺夏生的意见。

"了解一下比较好，这也算是一种文化，你告诉她们吧。"

古贺夏生抬起一只手，请护士长发言。

"感觉怪可怕的。"

年轻护士夸张地抖了一下身体。

"好，有时间的人都靠过来吧，告诉你们今天为何要特别小心。"

夜班的护士都靠了过来。这位护士长为人豪爽又颇有人望，古贺夏生的经历跟其他医生相比特别出众，但她生性低调，不喜欢当出头鸟，护士长总是给她宝贵的意见。

"先说清楚，我可不是滥用职权吓唬你们哦。"

护士长讲了不像开场白的开场白，然后说起老一辈医生和护士都知道的传说。

聊这个不能太张扬，你们再靠过来一点。

那我长话短说。啊，你耳朵专心听就好，眼睛要盯着仪器哦。

告诉你们，这是全日本的医院都有的传说，不是我们这家医院独有的。

你们都听说过三途川①吧？就是从人间通往阴间的河流，河岸边有三人共乘的摆渡船。

对，三人共乘，听说一定要坐满三人才会启程。已经载

---

① 日本传说中的冥河。——译者注

了一个人，还要再等两个人；已经载了两个人，就还要再等一个人。

所以啊，医院里要是有两名患者去世，就还差一个人。像我们这种大医院，其他住院区的状况我是不清楚，但三楼走了两个人，可能还会再抓一个。

哎哟，不用害怕。这类传说都有寓意的。也就是说，我们医护人员要随时保持警觉。时时刻刻注意院内的公共空间，避免院内感染等，这才是我们要记住的。

都听懂了吗？好，大家都很听话。记得要好好巡视各个病房，仔细观察病人的状况，以免第三个人被抓走。

这是我对你们的训示，不是职场欺凌哦。

"古贺医生，您知道玄关外的樱花开了吗？"

"知道啊，我也吓了一跳。当然，天气好是值得庆幸的事。"

到了深夜十一点还是没有救护车前来，可能是今晚特别温暖的关系吧。

"医生，新年您打算怎么过呢？"

护士长好意表达关心。古贺夏生的母亲去世，护士长的独生女也嫁人了，新年只能一个人过。

"我还在服丧，过年是打算值夜班。"

"那我陪您吧，好久没在医院度过新年了。"

新年的夜班，都是单身的医生和护士负责，这是每家医院不成文的规矩。

"不过，令嫒会回来看你吧？"

"我女儿才嫁人没多久，不太可能啦。应该是过完年才回来打招呼，或是我主动去探望她。"

"新年的值班表也还没排好吧。"

"就尽量填补空缺喽，要等到过完年才能休假。"

"我也一样。其实换个角度想，不必思考新年要做什么也挺轻松的。"

古贺夏生简直无法想象，没有母亲陪伴的新年该怎么过。也多亏护士长的体贴关照，她不必有独自过年的体验。

"不然这样吧，古贺医生，我们一起庆祝新年，值完夜班找个地方休息一下，慵懒过新年。"

真是个好主意，古贺夏生压低音量说道："可是，我母亲的遗骨还放在家里。"

"没关系啊。不过，在令堂的遗骨前说新年快乐，也不大妥当。不如您来我家？"

"不会打扰你跟女儿相处吗？"

"都要一起过年了，当然是开心比较重要。我想想啊，元旦值完夜班就直接回我家，窝在被炉里喝个烂醉。初二睡到自然醒，初三一起去神社祈福参拜。大致上这样安排还行吧？"

护士长翻着日历提议。之所以说"大致安排"，主要是新年期间的值班表还没排好。就算她们都能顺利排到假，医院安稳的日子也不会持续太久，像她们这种资深的医生和护士一定会被叫回来支援。

不过，大致上的安排这样就够了。去神社参拜完，回程时邀护士长到家里，在母亲的遗骨前痛饮一番吧。这样看来，自己也确实进入了悠闲自在的人生阶段。

这时，医师袍的口袋里发出手机收到短信的声响。时间是晚上十一点十五分，最近常收到莫名其妙的短信，但深夜可是非常时期。

发信人是联合信用卡公司高级俱乐部的吉野知子，也就是归乡服务的客服。

古贺夏生看完短信，顿时忘记呼吸。

古贺夏生女士

深夜打扰实在万分抱歉。

今日上午十点三十二分，您的接待家长不幸去世了。

因此，我们不得不终止同一处乡土的接待服务，还望您见谅。

至于其他乡土还是可以照常使用，详情请洽客服。

为您献上归乡情怀。

联合信用卡公司高级俱乐部

归乡服务客服吉野知子

古贺夏生的手不住颤抖，手机也掉到了地上。

"您怎么了，医生？"

古贺夏生双手掩面，想起了生母临死前，加护病房外樱花盛开的景象。

为什么自己没察觉到老婆婆的异状呢？明明春天和秋天都有回去，两个人还一起吃饭、睡觉，不是吗？

古贺夏生很懊悔，她眼里只有自己的烦恼，没有注意到老婆婆的痛苦。她失去了生母，老婆婆对她付出母爱，她却把死亡视为自然的过程，漠视老婆婆即将去世的征兆，就跟对待自己的生母一样。

这种人不配当医生，而是披着白袍的恶魔。

室田精一的崭新人生，即将迎来第二个新年。

而且是毫无规划的人生，自由，却又不自由，连选择的机会都没有。不冠上"崭新"或"第二段"这类正面的字眼，就实在可悲到无以复加。

室田精一难得打扫佛坛，马上就得到祖先的庇荫。两个女儿终于打电话给他了，平常都是久久才用短信联络一次，内容也极其简洁，纯粹是确认父亲的安危。室田精一好几个月没听到女儿的声音了。

长女打来替儿子讨礼物。也不回家看看老爸，还敢打电话来要三轮车？室田精一听了就有气。可是，抱怨又显得幼稚，最后他只叫女儿偶尔回家一趟，并没有多加责备。

真不晓得女儿在想什么。的确，她们住得不算近，平日又要忙着工作顾小孩，但不闻不问也太过分了吧？她们以为老爸还年轻吗？还是当这个老爸已经死了？

都说外孙很可爱，室田精一倒不觉得有多可爱，跟外孙聊了些没内容的话以后，不到三十分钟小女儿也打来了。

小女儿还知道孝顺。她说新年会准备年夜饭带过来，父亲不用自己准备。也好，有孝心终究是好事。

小女儿还说，阿翔也会一起来。

阿翔？谁啊？室田精一想了好久，终于想起来有这么一个蠢蛋，辞掉大企业的工作，跳槽到名不见经传的新创企业，未来的目标是成为创业家。下次见面直接把话挑明了吧，创业家算什么职业啊？

室田精一走出母亲以前的卧房，到庭院做体操。做体操是他最近的例行公事，尤其深蹲做得特别认真。

话说回来，今年冬天也太温暖了。阳光映照在黄色的水仙花上，水仙花会抢在春季来临前开花，但也开得太早了。最令人火大的是，它在妻子撒手不管的庭院里依旧开花了。

室田精一气喘吁吁地做深蹲，同时想通了一件事。两个女儿是约好一起打电话来的。

时间正好相隔三十分钟，大女儿打手机，小女儿打家中电话。安排得这么好，未免太可疑。

她们两姊妹从小就像双胞胎一样，感情十分融洽，也难怪室田精一会怀疑她们在打什么主意。

有没有可能，平安夜抱着三轮车去大女儿家，刚好会碰到离异的妻子呢？

爷爷奶奶在孙辈面前也不好意思吵架，只好扮演一对幸福的夫妻。记得大女儿的丈夫在一家不错的中小企业上班，多少有点前途，至少比那个阿翔好多了。这位差堪告慰的女婿，会不会也来帮腔呢？

爸、妈，两个人一起生活，总要互相有个照应嘛——

不可能。

深蹲真够累的，那就来思考一下小女儿打的什么主意吧。

小女儿应该会在三十日或三十一日带丈夫跑来。说不定，阿翔手中还会提着一个大型的便当盒。

爸，你看这个，你一定会很怀念——

不成材的创业家阿翔打开便当盒的盖子。除了鱼板以外，里面塞了满满的室田家传统年夜饭，一看就是精心料理的菜色。

妈说要拿给你尝尝，还问要不要一起过年呢——

这更不可能。

不过，平安夜和新年总算有预定计划。是啊，这可是"预定计划"呢。

深蹲完回到和室，室田精一为父母上香。

本来他想摘一朵水仙供奉，可是转念想想，难得冬天回暖花开，摘掉似乎太可惜了。

父亲乍看之下优柔寡断，其实身为会计的他很擅长算计。夫妻两人中反而是母亲握有主导权，父亲负责制定完善的计划。看似典型的"夫唱妇随"，其实也许是"妇唱夫随"才对。就算没到这个地步，他们也熟知对方的脾性，是感情良好的夫妻。

"啊，糟糕。"

室田精一在佛坛前合掌膜拜，突然福至心灵，仿佛被父亲的在天之灵点醒。

他忘记取消高级会员的资格了，那张黑卡还在手上。好巧不巧，扣款日已经过了。三十五万元的会费又被自动扣除。

准确来说他并没有遗忘。但即便闲来无事，他也懒得进行验证手续。尤其是一定要输入十五位数才能跟客服对话，这道手续太麻烦。这么优柔寡断也很符合他的脾性，这一拖就拖过了扣款日。

况且，放弃那张黑卡，等同于跟乡土彻底断绝关系，这也是他犹豫的原因。

室田精一心想，既然已经被扣掉三十五万了，明年还是会花大钱回乡吧。

之前他话说得太满，说要搬去乡下跟母亲一起生活，其实心底还残留着跟妻子破镜重圆的愿望。心有挂碍，想必他还是会使用自己根本消费不起的归乡服务。

两天一夜要价五十万元的归乡之旅，加上消费税和交通费，六十万元绝对跑不掉。花六十万元应该能去周游世界吧。一年去两次就是一百二十万元，再加上会费就是一百五十五万元。这点算术还难不倒室田精一。这笔钱用来买保险的话，死后一定能让不孝的女儿流下反省的泪水。当然，他不打算这样做。

不过，一想到自己跟乡土还保有一丝缘分，室田精一的心里踏实不少。

企业根本不顾退休员工的死活，以前的同事也没机会见面，应该说，室田精一也不太想见他们。反正未来生病住院，肯定会在走廊里看到西装革履的药厂业务员，西装上还别着他熟悉的徽章。

至于两个女儿，好歹有血缘关系，照理说不会跟妻子一样弃他于不顾。可是，她们已经是嫁出去的人了。

这样看来，故乡实在太宝贵。虽说只是虚拟的体验，但知道自己有个归宿，心情也会平静许多。

现在的问题是，能否把这处虚拟的乡土化为自己真正的故乡。室田精一正面临人生的重大抉择，所以父母的在天之灵才给他机会和女儿见面，逼他早点下定决心。

室田精一泡了杯咖啡，到阳台沐浴午后的阳光。纯白的阳台桌椅并不是高级货，却有历久弥新的美感。

再点根烟来抽，好好思考一下吧。两个女儿应该不会反对父亲移居的计划，她们的家庭都很稳定，才懒得关心父母。也许女儿二话不说就同意了，放假有个乡下地方可去，她们也开心。

咖啡真好喝，抽烟配咖啡真是绝妙。搞不懂戒烟后只喝咖啡的人在想什么。

对了，那妹妹呢？不要紧，她不会反对的，她不是去当地参观过了吗？最近妹妹的婚姻好像也出了问题，搞不好她也想跟去。这可使不得，一对离婚的兄妹跑到乡下避世，一起度过余生，怎么看怎么怪。当然了，妹妹那个无趣的丈夫，可能也会庆幸放假有处乡下地方可去吧，这样看倒也不坏。

室田精一眯着眼眺望午后的艳阳，这时手机又响了。

这个时间大概是川崎繁打来约酒吧？不料，手机没显示来电者，屏幕上的来电号码他也毫无印象。

陌生来电是不该接听的，现在诈骗集团太猖獗了。

室田精一把手机放在阳台的桌上。手机响了好一会儿，连咖啡杯都在震动。过了一阵子铃声终于断了。

看到"0198"的区号，室田精一慌了。是母亲打来的，母亲一定是寂寞才会打电话过来的。

他又抽了一根烟，等心跳缓和下来才回拨电话。

电波飞向遥远的彼方，不知道现在故乡有没有下雪？室田精一想象母亲身穿棉袄，坐在地炉边凝视手中那张没有职衔的名片。

"喂？妈，我是精一啦，不是诈骗集团，你放心吧。哈哈哈。"

奇怪的是，那并非母亲家的电话号码。

接电话的男子自称"佐藤宽治"。室田精一以为自己遇到诈骗，但接下来事态的发展让他宁愿遇到诈骗。

"啊，您是室田先生对吧。不好意思，突然打电话叨扰您，我是相川村那位邻家老爷爷的儿子，这样说您应该知道吧？"

男子讲的是标准日语，只是稍微带有一点乡音。他是归乡服务的工作人员，不对，是平常关照母亲那户人家的儿子。

"不瞒您说——"

男子静默了一会儿，安静得令人害怕："藤原婆婆她，不久前去世了。"

室田精一激动起身，打断了男子："你说的藤原是谁啊？"

"抱歉，我应该说清楚的，是藤原千代婆婆。我们乡下这边也正好在忙，结果藤原婆婆她——"

男子一时哽咽，先干咳一声，又换了一个说法："婆婆她是握着您的名片去世的。所以，我跟父亲还有妻子商量过，决定通知您一声，还请不要见怪。"

母亲去世了，室田精一仰望苍天。到底是太阳被云彩遮住，还是阳光在他眼中已经失去了温度？

"请容我问清楚一件事，这是千真万确的吗？还是归乡服务中的情节？"

如果是事实，这绝对是很失礼的问题。室田精一依旧看着昏暗的天空，闭起眼睛等待答复。

"这件事我绝不可能说谎，我们真的失去千代婆婆了。"

男子撂下这句话以后，哭了起来。

母亲，真的死了。

面对这个难以消化的事实，室田精一的大脑一片空白。

14

忘 雪

这次归乡，看不到故乡的风景。

故乡的山林和站前的景色，全都成了雪幕后方的阴影。这一切看起来好不真实 —— 行尸走肉的自己也是如此。

公交车司机问来客要到哪里，古贺夏生回答相川桥。

"请问这班车到相川桥吗？"

"去相川桥没问题。至于更远的山头，现在连除雪车都过不去。"

按照司机的说法，这个地方冬天气候寒冷，但很少下大雪。才十二月就积了这么多雪，更是前所未见。

古贺夏生心想，下大雪还能到相川桥，该说是运气好吧。

接到母亲去世的噩耗后，医院接二连三收治急诊患者。半夜和凌晨都有患者被送来，古贺夏生也没时间休息。上午九点交接完，她回家盥洗打理一下，就赶往了东京车站。

值完夜班正好是星期天，接下来要到星期一下午才有排班，在故乡住一晚再回去也无妨。感觉这一切都是母亲安排好的。

古贺夏生曾把那位老婆婆视为母亲，回去吊唁算不上冒犯。相信老婆婆在招待她的那段时间里，也把她当成女儿了。

公交车里很温暖，也不用担心司机过站不停，所以古贺夏生一坐下来就犯困。半掩的眼眸望着车站前的雪景，发车前的几分钟好漫长，仿佛连时光都冻结了。

驹贺野车站是通往故乡的玄关，初次造访时是百花齐放的季节，第二次造访是万紫千红的秋天。这些宝贵的体验，跟信用卡公司提供的服务没关系。真正感动人心的，是那处陌生的乡土和另一位母亲。无论来访的人过去如何荒唐，故乡和母亲永远宽容以待。

"准备发车喽。"

公交车司机打开车门，在候车亭抽烟的男子赶紧上了公交车。

"客人，您要到哪儿？"

"我要到相川桥。"

"啊，你们是一起的吗？"

男子否认了司机的猜测，顺便望了车内一眼。男子身穿白衬衫配黑领带，应该也是来吊唁的吧。古贺夏生稍微起身，点头回礼。男子拍掉大衣上的雪块，坐在通道另一边的座位。只载了两名乘客的公交车终于发车，车轮上的防滑链也发出声响，开过白茫茫的驹贺野。

学校应该提早放寒假了吧，现在雪下得这么大，大概也没人去医院看病。

商店和民房的屋檐，感觉都快被厚厚的积雪压垮，这雪看上去连下了好几天。据说是历年来罕见的十二月大雪，新闻只说大雪下在日本海沿岸，还有群马、新潟、长野山区，没想到连东北地区也受到影响。

开车的司机颇有年纪，连他都没见过这么大的雪，是不是严寒和大雪夺走了母亲的性命？万一母亲有心血管疾病，药吃完了也没法去医院拿，确实非常危险。抗凝血药如果不持续服用容易引发血栓，没有血管扩张剂，心脏病发作也缓解不了。

或许平日健康的母亲，没发现自己有心血管疾病吧。死于心肌梗死的人，有四成都是在不知情的状况下离世的。气温骤降的早晨，还有铲雪等活动都很危险。

公交车穿越市镇，四周的视野更加雪白。

"能否打扰一下？"

穿着正式的男子，招起一只手向古贺夏生搭话："请问，你是来吊唁藤原女士的吗？"

古贺夏生一时无言以对，只报以微笑。她没听过藤原这个姓氏，但母亲真正的姓氏绝对不是"古贺"。

"嗯。"男子兀自嘀咕，并没有多说什么，似乎在反省自己问得太过鲁莽。

就在这短暂的沉默中，古贺夏生也明白，他不是母亲的亲戚或旧识。

藤原千代。她把这个名字记在心底，悄悄闭上眼睛："不好意思，我不知道老婆婆姓藤原。"

男子点点头，面朝前方说道："其实我也一样，是她的邻居联络我，我才知道的。"

戴着眼镜的男子慈眉善目，人应该不错，只是头顶毛发稀疏，不会冷吗？

古贺夏生思考，所谓的邻居是指谁呢？会跟访客接触的村民，都和归乡服务有关。那么她应该也认识才对。

是佐佐木酒铺的幸子女士？还是慈恩院的和尚？该不会是邻家的老爷爷和年轻夫妻吧。古贺夏生二次归乡，只跟这些"邻居"有比较亲密的接触。而这位男子会接到村民来电，代表他经常来访，跟村民的关系也不错。

"我是接到信用卡公司的短信通知，就这样跑来好像太冒昧了。"

男子摇摇头回答："没这回事，我也接到了信用卡公司的短信。只不过，在接到短信之前，邻居就先打电话给我了。我给了藤原女士名片。"

男子话才说到一半，突然别过头不讲话。原来，这个人也失去了重要的亲人，失去了一个没法对外人诉说的重要亲人。

"那么，你算是我大哥吧。"

古贺夏生温柔一笑，希望缓和对方的悲伤。这个人年纪应该不会比她小。

"抱歉啊，年纪大了情感特别脆弱。我姓室田，请多指教。"

这个人归乡的时候,母亲的身份就是"室田千代"。古贺夏生并不嫉妒,老婆婆对素昧平生的人付出母爱,这份真心令人感动。就算没有拿钱,老婆婆也会做同样的事吧。

"我都还没自我介绍,真是失礼了,我姓古贺。"

"那你算是我妹妹吧?"

"这可难说了。"

二人各自眺望窗外的雪景,车子每开过一站,就会响起到站广播,但候车亭中没有人等候。

"室田先生——"

这次换古贺夏生主动攀谈。她在搭新干线时想到了一种可能,而且一直在脑海中挥之不去。

"我们会不会被信用卡公司骗了?"

也就是说,母亲并没有死。纯粹是信用卡公司要停掉不赚钱的业务,才编造了这个荒谬的结局。古贺夏生反复阅读短信,那冷硬的文字激起她的疑心。

"你说,我们被骗了?"

室田转过那张胖脸,凝视着古贺夏生。这个人一定不懂得猜忌别人吧。

"我的意思是,也许妈还好着呢。要真是这样,我们就是不请自来了。"

室田双手环胸思考了一会儿,最后笃定地说道:"不,我想应该不可能。我在电话中还特地确认过,这到底是千真万确的事实，还是归乡服务设定的情节。对方也很坦白地告诉我，生死大事他们绝对不会说谎。那个叫佐藤宽治的人，你也认识吧？就是邻家老爷爷的儿子。"

"我知道，原来是宽治先生啊。"

古贺夏生想起了那个相貌忠厚的邻人。他在仙台念完大学后，带着妻子回乡务农，是非常有骨气的人。他参与信用卡公司的企划，只是想振兴家乡，不可能在这种生死大事上说谎。

"被骗我也甘愿啊，承担不请自来的骂名也无所谓。"

"说来惭愧，其实我也是这么想。"

古贺夏生不是真的怀疑，她只是无法放弃那一丝希望。一年内失去两个母亲，实在是难以承受的痛。

窗外的飞雪不停，但对向车道偶有来车，后方也不时有车子越过公交车。防滑链触地的响动和风雪的声音听起来有点模糊，连室田的说话声也是如此。

"妈都八十七岁了，身子有什么毛病也很正常。我却没有主动关心，这说明我没有真的把她当家人吧。"

室田像是在说出自己的懊悔，而不是在对古贺夏生说话。不过，这段话也触动了古贺的心弦。

"其实，我的职业是医生——"古贺夏生语气疲软无力，嘴唇也在发抖，"所以，这不是一句没注意到就说得过去的。"

"请别这么说，你多心了，没必要把这个责任往自己身上揽。"

双方的对话没有交集，又各自看着窗外沉默不语。

就当两兄妹到都市打拼，接获母亲去世的噩耗后一起回乡祭奠吧。不然，一个花钱买归乡体验的客人，于情于理都不该做这种事。

"请问，你是打哪里来啊？"

室田试图化解尴尬的沉默。

"我来自东京。"

"这样啊，我也是东京人，本来没故乡的。"

"我也一样，是土生土长的东京人，也没有可以回去的故乡。"

活到这个岁数，跟父母的老家亲属也没往来。东京的人际关系淡薄，血缘非但不受重视，甚至还被视为一种束缚。有些兄弟姊妹长大独立以后，只有在婚丧喜庆的场合才有机会碰头。这在东京稀松平常，也不算是关系不好。

真正可悲的是，都市人对亲密关系避之唯恐不及，年老后只剩孤独相伴。老人家挤满了各大医院和养老院，古贺和室田未来也是同样的命运。

因此，他们很羡慕这个村落中的人。村人都说这里是什么都没有的穷乡僻壤，可是对土生土长的东京人来说，这里什么都有。

"我本来想卖掉东京的房子，搬来这里生活呢。"

室田一副很遗憾的口吻。

"我认为这主意不错。"

室田点点头，随后拱起身子陷入沉思："可是，妈不在了——"

感觉他的言外之意是，妈不在了，搬来也没意义了。

他应该经常来，竟然还兴起移居的念头。

室田看起来有点肥胖，但身子还算硬朗。气色红润，说话也中气十足。经济上过得去的话，现在搬到乡下也不嫌晚。不对，在相川村这个地方他连老都称不上，顶多算是壮年人。

车上广播相川桥快到了，司机也亲切提醒了一遍，古贺夏生悠悠转醒。

"不好意思啊，客人。车站那边没法掉头，只好请你们提前下车。"

平日这班长途公交车，往返于驹贺野和沿岸都市。但前方山头无法通行，公交车必须在相川村折返。沿着路边的小学再开过去一段距离，有块平整的雪地可供掉头。

"在这里下车，反而比到站下车近多了。"

那所被村人拿来再利用的废弃小学，室田似乎也造访过。白雪皑皑的操场后方，还有一间古色古香的校舍。

"我们真的想也没想就跑来了。"

室田走下公交车的时候，还好心扶了古贺夏生。

"听说今晚守灵，明天就要出殡，妈一定也希望你参加。"

也许吧。吊唁亲人这件事，冥冥之中总有巧合。

废弃的校舍屹立在大雪中，刺骨的寒风中传来母亲的招呼声。

你们来啦，终于把你们盼来啦。

抵达母亲居住的古厝，古贺夏生最后的一丝希望破灭了。

几间和室的拉门都拆掉了，变成举办丧礼用的大厅。厅上挂着蓝白相间的幔帐，后边的佛堂摆了一口棺木。来吊唁的人都穿居家服，不知道是下大雪的关系，还是这里的守灵习俗如此。

古贺夏生也没心情确认老婆婆家的门牌上是不是"藤原"。反正只要走上小径，抵达有母亲守候的这座家园，剩下的都不重要。

家里弥漫着炉灶、地炉、线香的烟雾，古贺还来不及难过，眼泪就流下来了。

慈恩院住持以清亮的嗓音，带领村人一起为老婆婆诵经祈福。有的老人家双手合十专心助念，连经文都不用看，大概是背下来了。这么庄严朴实的守灵仪式，想必是从古时候细心传承下来的，没有简化省略。

"哎呀——"

佐佐木酒铺的老板娘注意到二人来了，从地板上靠过来。外围也有几个人回过头来，但没有人中断诵经。

"我接到宽治先生的电话，抱歉来迟了。"

室田小声致歉。

"别这么说，天寒地冻的你们还愿意来，已经很有心了。千代婆婆一定很高兴，我代她谢谢你们啊。"

佐佐木幸子先低头道谢，之后尴尬地仰望着"老同学"

夏生。

"冒昧跑来给你们添麻烦了，但我真的坐不住。"

幸子抓起围裙遮住自己的脸，没有答话。一个虚拟的世界竟以这种方式破灭，也难怪她无言哽咽。

幸子叹了一口气，说道："有些人守灵要喝酒，我可能没法招呼你们。"

"没关系，是我们自己跑来的，请别介意。"

"那请到前面来一起为婆婆祈福吧。"

"呃，我在后面就好。"

幸子又是一阵感叹，勉强收拾心情才说出下面这句话："请你们继续当千代婆婆的孩子。拜托了，请坐到棺木前面吧。"

古贺夏生觉得室田和母亲的关系一定不错，同样都是归乡服务的使用者，村民招待来客总不能厚此薄彼，所以才让她也坐上亲人的席位。

棺木前面有一个身穿黑西装的男子。倘若那是老婆婆真正的儿子，到底该跟对方说些什么才好呢？

"那就恭敬不如从命。"

室田爽快答应了。

"呃，我还是在这里就好。"

"别这样，一起来嘛。"

专心助念的人群中，宽治先生回过头来，用手势请二人上前。

古贺夏生终于下定决心，放心融入这段虚实交错的时光。确实，她是不请自来，因此有立场相同的室田作伴，让她安心不少。她跟室田唯一的差异，大概是孺慕之情的深浅有别吧。

"那就失礼了。"

棺木前方的家属席位上，只有一位白发绅士正襟危坐。

母亲的遗照好年轻，应该是十年前或十五年前的照片。住在山村里，也不太有照相的需要。左邻右舍相识多年，过着四季如常的生活，也不必拍照留念。

遗照可能是从十多年前的团体照中放大裁取的。相片中微笑的母亲，脸上充满了温情和幸福。

古贺夏生不了解母亲的人生。回乡探望母亲的夜晚，她打听过，无奈母亲始终不愿回答。但光看遗照，她宁愿相信母亲过着幸福美满的一生。

对了——

一旁端坐念经的绅士，是不是老婆婆的亲生儿子呢？怎么都看不到其他家属？

那位绅士不太习惯念经，但态度非常虔诚。感觉是真的在助念祈福，以抚慰母亲的在天之灵。

古贺夏生打开前方的经书，经书上标示着读音，只是她不知道该从何念起。

"从这里。"室田好意提醒。

"无无明，亦无无明尽，乃至无老死，亦无老死尽。"

古贺夏生跟着念，她不懂经文的意思，却很喜欢这种平静的气息。

"远离一切颠倒梦想，究竟涅槃，三世诸佛。"

绅士念经的声音在颤抖，古贺夏生暗暗吃惊，偷瞄了对方一眼。绅士拿出手帕擦拭眼角，难过得哭了。

看到这一幕，古贺夏生心想，自己果然是格格不入的不速之客。

上完香，村人三五成群地离开古厝。

户外的风势小了很多，雪却一直在下。走的人越多，室内就越见空旷。每个人都是诚心吊唁母亲。

"很抱歉，我不知道二位是亲属，是我冒犯了。敝姓松永，令堂生前对我关照有加。"

白发绅士转身面对二人，很有礼貌地低头打招呼。

"不，我们不是亲属。"

室田的口吻有些迟疑，看来他个性虽好，但为人不太机敏。

"呃，请问你是不是——"

不过，古贺夏生也不是多机灵的人，话才讲到一半就接不下去。三人凝神对望，揣测对方的身份。

"所以，你们也是吧？"松永也给了一句不太机智的答复。他真正想问的是"你们也是归乡服务的客户吧"，但守灵仪式上又不好意思明讲。

然而，话一说出口，三人的心情顿时轻松不少。他们拉开一段距离，再次郑重地自我介绍。

就当三兄妹年轻时出外闯荡，如今回来参加母亲的丧礼吧。

"母亲她是不是没有子女呢？"

松永回头看着母亲的遗照，提出了这个问题。这位叫松永的绅士温文儒雅，但言谈举止中有一股威严。黑色西装穿在他身上非常合适，可能是某个大企业的老板。有些大老板每年夏天开完股东大会，就会到医院的贵宾室住个四天三夜，做一整套健康检查。松永看起来很像那种人。

"应该是吧，没听她讲过。"

怪了，连室田也不知道？

"独自生活想必很寂寞。"

古贺夏生抬头仰望横梁上的家族照片。上面有母亲的公婆和丈夫，丈夫大约七十来岁，还有文也伯父。遗憾的是，母亲的遗照还没人帮她放上去，藤原家世世代代居住的古厝，未来会怎么处理呢？

"请喝杯茶，餐点快准备好了，各位先歇一会儿。"

佐佐木幸子送来茶水，她大概没料到有三位不请自来的客人，显然她也不知该如何招呼。

"母亲她有哪里不舒服吗？我都没注意到。"

"哦对了，小夏你是医生。别说你没注意到，我们也都没察觉。千代婆婆平常那么健康硬朗，谁都没料到她会走——"

　　幸子提起母亲去世那天的始末："那天一大早，邻家的媳妇跑来帮忙收拾挡雨板，就看到婆婆躺在地炉边。一开始她只是很好奇，怎么婆婆在地炉边睡着了。"

　　据说，母亲的气色不错，脸上还挂着幸福的微笑。可是，邻家媳妇怎么呼唤、怎么摇都摇不醒她。抱起来一看，母亲已经气绝。

　　邻家爷爷和宽治先生冒着大雪赶来，大伙用尽急救手法，还是救不回母亲。

　　救护车抵达没多久，警车也赶到了。没有人把"死"这个字说出口，因为这已经是明摆着的事实。

　　古贺夏生听着幸子的说明，紧紧闭着双眼。从当时的状况来看，母亲果然有脑血管或心脏方面的疾患。

　　"好了，各位来吃点东西吧。只是我的厨艺没千代婆婆好，请别嫌弃。"

　　后续的情况不必幸子明说，古贺夏生也很清楚。

　　警车跟救护车一起到来，代表他们已经在电话中确定母亲身亡了。不过，宣告死亡是医生的职责。换句话说，救护车要把母亲送到驹贺野的医院，由值班的医生确认死亡。邻家的媳妇要配合警方问话，那么搭上救护车同行的是宽治先生吧。

　　大雪纷飞的早晨，医院就接到紧急来电。值班医生和护士都到外面待命，救护车抵达医院后，急救人员抬下担架，表示患者已经没有意识和呼吸心跳。就算没有生命征兆，他们还是赶紧将人送入院内，寻求一线生机。

"快接上仪器。"

心电图，血氧浓度，血压，还有心肺功能都停了。医生请家属入内，说出令人心痛的事实。

"我们已经尽力抢救，可惜还是回天乏术，现在确认死亡时间好吗？"

每个医生的说法不太一样，但经验越丰富的医生，宣告的口吻就越平静冷淡。

宣告死亡以后，还必须征求家属同意，厘清患者死亡的原因。靠抽血检验和 CT 扫描，几乎就能厘清大部分的死因。

很可能是冠状动脉疾患引发的心脏病，也就是心肌梗死。

照理说不可能全无征兆，但母亲年事已高，一发作就撑不过去。

古贺夏生好想哭，不是悲伤的关系，而是懊恼自己没有善尽一份心力。

"别难过，就当是寿终正寝吧。"

松永温言劝慰，古贺夏生双手掩面，摇头否定这个说法。医生不能用"寿终正寝"这几个字来安慰自己。

邻家夫妻和幸子送来了三人份的餐点，菜色看起来清雅别致，仿佛母亲事先做好留下来的饭菜。

用餐之前，三个孩子各自走到棺木前面，和母亲说说话。母亲的表情很安详。

大伙喝着闷酒，无话可聊。古贺夏生陪两位陌生的大哥共饮了一段时间。后来，他们开始谈起自己对母亲的回忆。令人意外的是，松永和室田这两位大哥，跟母亲也没有特别深刻的交情。

室田是退休的上班族，而根据松永的说法，他身上还有卸不下的重担。两位大哥并没有谈及个人隐私，也没有过问他人的，性情倒也相近。他们都跟古贺夏生一样，是土生土长的东京人，没有可以回去的归宿，未来注定孤独终老。当然，这不是多么特别的人生际遇，纯粹是都市人的一种人生写照。

"信用卡公司的人好像没有来。"

古贺夏生道出心中的悬念，祭奠的鲜花都是村长和村民送的，完全没看到联合信用卡公司送的花束。

"可能要过几天才会来致意吧。"

松永的口吻很冷静。

"没有才好。"室田跟着答腔。

也许他们说的都对。外资企业不是没有吊唁的习惯，但公司的代表出席这场丧礼，反而不恰当。

可是换个角度想，三个使用归乡服务的客人竟然都跑来了，松永和室田肯定也是一接到噩耗，就放下一切赶来了，说明母亲真的很受人敬爱。

地炉边上也有一场宁静的小酒会。邻家的爷爷和宽治先生，还有母亲相识多年的老人家聚在一起小酌。身穿僧衣的慈恩院住持坐姿端正地喝着茶水。幸子和邻家媳妇背对众人，坐在地板边缘谈心。

这里守灵的习俗，想必就是大伙聚在一起共饮整夜，确保香烛不灭。

略有醉意的宽治先生靠了过来，替三人斟酒："我们在后面安排了一个可供休息的地方，有需要的话但说无妨。明天早上十点大家再一起去火葬场，替婆婆捡骨。有这么出人头地的孩子帮忙送行，千代婆婆是个幸福的人。真的，没有谁比她更幸福了。"

雪花飞散的夜幕中，突然传来吼叫的声音："妈，你在哪？"

大家都听到了，并不是幻听。

男子冲进门内，在原地愣了老半天，茫然地看着祭坛。

"怎么会这样？"

男子先是喃喃自语，接着激动大叫："怎么会这样！妈，你说啊！"

瞧男子狼狈的模样，大概是连滚带爬冲上坡道的吧。头上的帽子和身上的大衣都沾有雪块。他的身材很高大，在黑夜中不小心撞见，可能会以为是一头熊吧。

和尚离开地炉，跪坐在地板上仰望男子："现在外面天寒地冻的，劳烦您大老远特地跑一趟。我想，您母亲一定也很欣慰。请先过来暖暖身子吧。"

男子疑惑地张望四周："你们是骗我的吧？骗我也无所谓。和尚，拜托你跟我说这都是假的。"

和尚没有答话，男子气愤地摘下帽子摔在地上。他抖掉身上的雪块，像个闹脾气的孩子一样愤恨跺脚："骗人的，这一定是骗人的，还演得跟真的一样。喂，你们说句话啊。"

古贺夏生想起了母亲说过的话。

——关西的客人，大多是坐飞机来的。

古贺夏生依稀记得，她是在当地机场的候机楼听到这句话的。那时候她要去京都参加研讨会，母亲开车送了她一程。

这位冒着大雪赶来的男子，一定就是关西的客人。他也跟古贺夏生他们一样，一接到噩耗就不管三七二十一地跑来了。

男子语气粗野、满脸横肉，但感觉人不坏。

古贺夏生正要起身好言相劝，松永按住她的肩膀："就当我多管闲事，交给我吧。"

松永用大家都听得到的音量，说出这句话。他拱起高挑的身子绕过地炉，走向门边的那位男子。

"你是谁啊？"

男子语气不善，松永坐下来，脸上还带着笑容："我算是你大哥。"

男子吃了一惊，又问道："你是妈——千代女士的儿子吗？"

"不是的。"松永摇摇头，男子也不再咄咄逼人。

"所以，这一切都是真的？天啊，妈真的离开我了，唉。"

男子瘫坐在地，额头敲到地板上。松永拍拍他的背，他掉着眼泪说道："我原本是想来这里跟妈一起过新年。结果这件事客服只用一通电话告知，我就连忙赶来了。刚好碰上大雪，飞机停飞，只好转搭新干线过来。大哥啊，对我们来说这不是那么单纯的事吧？"

古贺夏生抬头看着屋顶烟雾缭绕，这席话解开了她心中的疙瘩。这位迟来的小弟，说出了大哥和大姐的真心话。

没错，这整件事没有那么单纯。绝不是信用卡公司说的那样，纯粹给孤单的都市人一份乡村体验，或是振兴偏乡云云。

转念及此，古贺夏生闭上眼睛，听着挡雨板外下雪的声音。

母亲受人敬爱的原因，就在于她的自然；而这些孩子敬爱母亲的原因，却在于他们的不自然。

人口和城乡差距过大，这些社会问题其实跟大多数人无关。人们只是抱着一种先入为主的错误观念，将繁荣视为幸福。于是乎，许多人失去了自然，被迫过着不自然的生活。

古贺夏生总算领悟，这才是真正的症结。

隔天早上雪停了，是耀眼的晴天。

"你有打算去体验其他的乡土吗？"

公交车一开动，松永就问古贺夏生。这问题听起来不太和善，明知道答案，为什么还要多此一问呢？

"没这打算。"古贺夏生看着窗外一幕幕飞逝的故乡景致。

她必须搭上第一班公交车，才赶得上午后的诊疗时段。她不想给院方添麻烦，就没留下来替母亲捡骨。

松永也有重要的工作要处理，两人便结伴回去。

他很符合那种优秀大哥的形象，一看就是年轻时考上东京的名校，早早出外打拼的大哥。

"那松永先生你呢？"

"当然没那打算啊。我这人虽然没什么坚持，但还是有基本操守的。"

朝阳下，废弃的校舍被封在厚厚的积雪中，目送二人离去。

"你知道这间小学吗？"

古贺夏生用戴着手套的手背擦拭玻璃，指着校舍问道。

"知道啊，很有诗情画意呢。"

"现在是老人家聚会的场所，我觉得太大了一点。"

语毕，古贺夏生思考着，用不到的教室能否拿来当诊疗所。

现在自己这把年纪了，并不太在乎什么医生去偏乡行医的光荣事迹，但与其说退休就退休，这样的选择或许还好一点。在附近找一间空屋，每天帮村民看诊，过悠闲自适的生活。古贺夏生思前想后，似乎没有比这更棒的主意了。

二人不约而同望向后方的窗户，晨光中的乡土越来越遥远。

"松永先生，你以后不会再来了吗？"

松永思考了一会儿，神态苍老地叹了一口气："我还没法清闲啊。"

"等你清闲了，会回来吗？"

这个人想必有一定的社会地位，他应该也在思考清不清闲、幸不幸福的问题。

"我想想吧。等我忙完工作，这身老骨头也没什么用处了，一两年后我会回来的。"

松永说出这些话，感觉一瞬间老了好多。古贺夏生笑着对他说："妈那样我们应该学不来，但当个临时演员总没问题吧。"

松永被逗笑了："这主意不错呢。"

是啊，在美丽的故事中当一个虚构人物也不坏。

"寺庙禁烟也太蠢了吧，线香烧出来的不也是烟。"

念完经以后，男子跑到正殿的檐廊抽烟，被和尚骂了一顿。

伙房的屋檐下是吸烟区，"吸烟区"三字还是用毛笔写的。

"糟糕，我忘记打电话了。"

这位小弟姓田村，大哥和大姐睡着以后，室田精一跟他一起喝了通宵。

"啊，是我。对，是真的，也很无奈啊。"

田村简单交代完，便挂断电话："我老婆也很喜欢妈，哭得可伤心呢。去年过年的时候，她说比起去夏威夷，不如来这里。"

田村健太郎是连锁居酒屋的大老板，店铺遍及全国。在东京和京都都有店铺，室田精一也常去他的店光顾。

看不出来他是个很爱家的人，昨晚一喝醉就谈起老婆和孩子。他有六个孩子，最大的已经四十岁，真是不得了。这两年来，他每个季节都会造访相川村，而且一定带着老婆一起来。真的，太不得了了。

"容我冒昧请教一个问题，带家眷同行要付双倍的钱吗？"

室田精一是真的很好奇。他原以为这点开销，有钱人根本不会当一回事，没想到对方回答得很正式。

"你误会了，室田兄。我也是看了对账单才知道，夫妻同行有折扣。价钱算一点五倍，就跟全套健康检查一样。既然有折扣，不带老婆同行岂不是亏大了。所以我们宁可来这里，也不去夏威夷——"

田村话才讲到一半，不晓得想起什么往事，声音有些哽咽。

外头风光明媚，但冷风自正殿的屋顶吹落，依旧冰寒刺骨。

"我也不是真的忘记打电话给老婆，只是听她哭会很难受。我十八岁就成家立业，她小我一岁。跟父母无缘的孩子，不早点结婚根本没有避风港。"

话一说完，田村健太郎走到有阳光的地方蹲了下来。嘴上叼着的香烟在颤抖，他是很健谈的关西人，但室田精一很清楚，真正的心里话他并没有说出来。

"我跟我老婆，从来不晓得父母张罗的饭菜是啥味道。我们只能自行摸索，努力拉扯六个孩子长大。所以，来这里真的比去夏威夷好啊。"

室田精一凝视自己的手掌，不再看着黯然神伤的小弟。他想起了母亲的遗骨有多轻，还有捧着遗骨箱的触感。方才在火葬场，他们主动替母亲捡骨，室田精一捧着遗骨箱，田村帮忙捧牌位。

室田精一下定决心，现在能守护这个家的只剩下他了。

真是宁静的夜晚啊。

多亏有你们相伴，我好久没度过这么愉快的新年了，多谢你们啊。

听着外头下雪，都舍不得让春天来打扰这份宁静呢。

阿健和小美，谢谢你们把自己的故事告诉我，回想过去吃的苦一定很难受吧。

那好，我也告诉你们一个压箱底的故事。

很久很久以前，有这么一个故事。

相川村有对老夫老妻，生养了一个很忠厚的儿子。只是这穷乡僻壤的，也赚不到什么钱孝敬父母。据说山头另一边的渔夫收入不错，他就去当渔夫了。一开始他纯粹是去赚钱贴补家用，后来幸运地娶到船东的女儿，就在那里定居下来。

　　两村落隔了一个山头，儿子只有在逢年过节的时候，才会携家带眷回来看爸妈。父母感叹家中独子入赘别家，但船东就那么一个女儿，入赘也实属无奈。

　　不久老父亲去世了，儿子想把老母亲接过去照顾。不过，老母亲一辈子都在相川村生活，不愿到外地去。

　　阿健、小美，你们不用硬撑着，这是老掉牙的故事了，听累了就睡吧。

　　通往山头的路口，有一尊布满青苔的地藏像。相传这尊地藏拜了非但没有好处，甚至还会带来凶兆。别说无人肯拜，连看都没人看一眼。久而久之，上面就长满青苔了。

　　饶是如此，虔诚的老太婆每天都去参拜，祈求儿孙平安。她不敢清掉上面的青苔，生怕冒犯地藏。古人不是说，地藏是孩童的守护神吗？

　　鸣震地藏。

　　这是那尊地藏的名号。鸣震，就是地震之意。

　　那时已经三月天了，这一带还是遍地积雪，天寒地冻。老太婆不辞辛劳去参拜，没想到地藏竟然流下血泪。

　　老太婆大呼不解，突然间地动山摇，这下她终于明白地藏泣血的原因了。

道路不停摇晃，老太婆连滚带爬，好不容易才回到家。

强震过后轮到海啸肆虐。还记得吗？老太婆的儿子是渔夫，他们一家人住的地方很快就汪洋一片了。

电话也打不通，老太婆便来到庭院，声嘶力竭地喊着儿子和他家人的名字。老太婆喊了好久好久，嗓子都喊哑了也不肯停。

毕竟除了呼喊以外，老太婆什么也做不了。

阿健、小美，你们说出自己不愿回首的往事，我也该坦诚相待才是。

今夜过后，忘了过去一切的苦难吧。如果还是忘不掉，等我以后走了，就帮你们一并带走烦忧。不忘掉过去的苦难，人是无法解脱的。

十年过去，再难过的事情也会成为往事。

好，该说晚安啦。

谢谢你们听我说故事。